Magnus

Sylvie Germain

Magnus

ROMAN

Albin Michel

IL A ÉTÉ TIRÉ DE CET OUVRAGE
VINGT EXEMPLAIRES
SUR VÉLIN BOUFFANT DES PAPETERIES SALZER
DONT DIX EXEMPLAIRES NUMÉROTÉS DE 1 À 10
ET DIX HORS COMMERCE NUMÉROTÉS DE I À X

A Marianne
et Jean-Pierre Silvéréano

« Ce qui n'a pas été dit en temps voulu est perçu, en d'autres temps, comme une pure fiction. »

Aharon APPELFELD.

Ouverture

D'un éclat de météorite, on peut extraire quelques menus secrets concernant l'état originel de l'univers. D'un fragment d'os, on peut déduire la structure et l'aspect d'un animal préhistorique, d'un fossile végétal, l'ancienne présence d'une flore luxuriante dans une région à présent désertique. L'immémorial est pailleté de traces, infimes et têtues.

D'un lambeau de papyrus ou d'un morceau de poterie, on peut remonter vers une civilisation disparue depuis des millénaires. A partir de la racine d'un mot, on peut rayonner à travers une constellation de vocables et de sens. Les restes, les noyaux gardent toujours un infrangible grain de vigueur.

Dans tous les cas, l'imagination et l'intuition sont requises pour aider à dénouer les énigmes.

D'un homme à la mémoire lacunaire, longtemps plombée de mensonges puis gauchie par le temps, hantée d'incertitudes, et un jour soudainement portée à incandescence, quelle histoire peut-on écrire ?

Une esquisse de portrait, un récit en désordre,

ponctué de blancs, de trous, scandé d'échos, et à la fin s'effrangeant.

Tant pis pour le désordre, la chronologie d'une vie humaine n'est jamais aussi linéaire qu'on le croit. Quant aux blancs, aux creux, aux échos et aux franges, cela fait partie intégrante de toute écriture, car de toute mémoire. Les mots d'un livre ne forment pas davantage un bloc que les jours d'une vie humaine, aussi abondants soient ces mots et ces jours, ils dessinent juste un archipel de phrases, de suggestions, de possibilités inépuisées sur un vaste fond de silence. Et ce silence n'est ni pur ni paisible, une rumeur y chuchote tout bas, continûment. Une rumeur montée des confins du passé pour se mêler à celle affluant de toutes parts du présent. Un vent de voix, une polyphonie de souffles.

En chacun la voix d'un souffleur murmure en sourdine, incognito – voix apocryphe qui peut apporter des nouvelles insoupçonnées du monde, des autres et de soi-même, pour peu qu'on tende l'oreille.

Écrire, c'est descendre dans la fosse du souffleur pour apprendre à écouter la langue respirer là où elle se tait, entre les mots, autour des mots, parfois au cœur des mots.

Fragment 2

Il porte sur chaque chose, chaque personne, dont ses parents, un regard plein de candeur et d'étonnement, examinant tout avec minutie. Le regard d'un convalescent qui a frôlé la mort et qui réapprend à voir, à parler, à nommer les choses et les gens. A vivre. L'année de ses cinq ans, il est tombé gravement malade et la fièvre a consumé en lui tous les mots, toutes ses connaissances fraîchement acquises. Il ne lui reste aucun souvenir, sa mémoire est aussi vide qu'au jour de sa naissance. Des ombres néanmoins la parcourent parfois, venues il ne sait d'où.

Sa mère, Thea Dunkeltal, consacre tout son temps à rééduquer son enfant oublieux et mutique, elle lui enseigne de nouveau sa langue, et à mesure elle lui restitue son passé perdu en le lui racontant épisode par épisode, ainsi qu'un feuilleton dont il est le personnage central, et elle la bonne reine veillant sur lui. Elle le remet au monde une seconde fois, par la seule magie de la parole.

Dans ce feuilleton en forme de conte qui l'enchante, car, comme tout conte, il brasse le terrible et le merveilleux, chaque membre de la famille a une stature de héros : lui en tant que victime d'une fièvre vorace qu'il a cependant réussi à vaincre, sa mère en tant que fée bienfaisante, son père en tant que grand médecin. A ce trio s'ajoutent deux autres figures, bien plus valeureuses et admirables encore, celles des jeunes frères de sa mère, tués à la guerre, et à l'égard desquels il lui incombe de témoigner fierté et gratitude, à jamais. Car c'est pour lui qu'ils se sont sacrifiés en partant combattre dans une contrée lointaine où les hommes sont aussi cruels que le climat, pour qu'il grandisse dans un pays de gloire et de puissance. Et l'enfant, qui assimile les mots « ennemi » et « maladie », s'est imaginé que ses oncles guerriers sont morts en livrant bataille à sa maladie, morts de froid et d'épuisement à force de refouler l'adversaire-fièvre vers une terre glaciale afin d'en éteindre le feu. De ces deux héros dont il porte les prénoms, il se laisse avec docilité transmuer en mausolée vivant.

Aussi séduisante soit l'épopée familiale pleine de noblesse et de tristesse, elle souffre néanmoins d'un défaut, petit en apparence, mais qui chagrine beaucoup l'enfant : la mère n'y accorde aucune place à Magnus, qu'elle traite d'ailleurs avec mépris, voire répugnance. Or Magnus et lui, Franz-Georg, sont inséparables. Alors il introduit clandestinement son compagnon dans la légende, il invente pour lui des scènes qu'il lui murmure longuement à l'oreille (celle qui porte la trace d'une brûlure, pour la consoler), quand ils sont seuls tous les deux ; des scènes où Magnus tient un rôle égal au sien.

Notule

Magnus est un ourson de taille moyenne, au pelage assez râpé, marron clair légèrement orangé par endroits. Il émane de lui une discrète odeur de roussi.

Ses oreilles ont été confectionnées dans un morceau de cuir souple où l'on a découpé deux larges rondelles. De la châtaigne, elles ont la teinte brun rougeâtre, l'aspect lisse et luisant. L'une est intacte, l'autre à moitié grignotée par une brûlure. Un ovale taillé dans le même morceau de cuir orne l'extrémité de chacune de ses pattes. Son museau est constitué de brins de laine noire cousus serré, en forme de boule.

Ses yeux sont singuliers, ils ont la forme et le doré luisant de la corolle de renoncules, ce qui lui donne un regard doux et éberlué.

Il porte enroulé autour du cou un carré de coton brodé à son nom en grosses lettres bariolées. M grenat, A rose, G violet, N orange, U bleu nuit et S jaune safran. Mais ces lettres ont perdu de leur éclat, les fils sont encrassés et le coton a jauni.

Fragment 3

Il passe la plupart de son temps à contempler ce qui l'entoure. On le dit trop rêveur, inactif. Mais non, c'est un travail très sérieux auquel il se livre en scrutant longuement le paysage, le ciel, les objets, les bêtes et les gens, il s'applique à tout graver dans sa mémoire. Elle a été aussi poudreuse et volatile que du sable, il s'efforce à présent de lui donner une solidité minérale.

Il aime la lande qui s'étend autour de son village, la brume rose des bruyères, les étangs et les bosquets de genévriers, et surtout les bois de bouleaux à la blancheur soyeuse, étincelante à la tombée du jour quand se fonce le bleu du ciel. Les contrastes de couleurs et de luminosité le fascinent, il épie dans les ciels alourdis de nuages sombres les brèches de soleil, les percées bleu pervenche, et sur l'eau verdâtre des mares, les trouées de brillance, sur les roches moussues, l'éclat fugace du grain de la pierre, comme un éclair d'argent miniature. Mais il craint la nuit, qui engloutit les formes et les couleurs, et le jette brutalement dans le désarroi. C'est alors qu'il étreint Magnus contre sa poitrine, comme un dérisoire bouclier de tissu, et qu'il lui susurre des bribes d'histoires incohérentes à l'oreille, de préférence à la gauche, celle qui est blessée et qui donc a besoin d'égards particuliers. De même que sa mère le cajole en le berçant de récits, il dorlote Magnus en le caressant de mots. Il y a tant de force et de douceur mêlées dans les mots.

Les adultes le déconcertent. Il ne comprend ni leurs soucis ni leurs joies, et moins encore les propos bizarres qu'ils tiennent parfois. Il leur arrive de brailler, de gaieté ou de colère ; quand il entend ces rires trop forts, brutaux, ou ces cris courroucés, il se replie sur lui-même. Il est à l'excès sensible aux voix, à leur grain, à leur timbre, à leur volume. Sa propre voix sonne quelquefois drôlement, comme si sa gorge était restée écorchée par les râles et les pleurs qui l'ont secoué pendant sa maladie quand la fièvre le violentait trop durement.

Ses parents, il les aime de tout son cœur, mais eux aussi il les observe avec perplexité du fond de sa solitude d'enfant unique, surtout son père, qui l'intimide et auquel il n'ose jamais poser de questions.

Clemens Dunkeltal est médecin, mais il n'a pas de clientèle privée et ne travaille pas dans un hôpital. L'endroit où il exerce son métier se situe non loin de leur village, mais Franz-Georg n'y est jamais allé. A son allure majestueuse, à son air grave, le docteur Dunkeltal doit être un homme important – un magicien de la santé. Il reçoit des patients par milliers, dans son vaste asile de la lande, et tous souffrent certainement de maladies contagieuses puisqu'ils n'ont pas le droit de sortir. Franz-Georg se demande d'où peuvent bien venir ces foules de malades – de toute l'Europe, a dit un jour sa mère, avec une imperceptible moue d'orgueil et de dégoût confondus. L'enfant a cherché dans un atlas et est resté pantois – l'Europe est tellement vaste, les peuples si nombreux.

Le père est souvent absent, et lorsqu'il reste à la maison il n'accorde que peu d'attention à son fils. Jamais il ne joue avec lui, ni ne lui raconte des histoires, et quand il daigne s'intéresser à lui, c'est pour lui reprocher sa passivité. Franz-Georg ne trouve ni l'audace ni les mots pour lui expliquer que la contemplation n'est nullement de la paresse, mais un patient exercice de dressage de sa mémoire. Il ravale des larmes d'impuissance de ne pouvoir exprimer ce qu'il pense et ressent, et surtout de tristesse d'échouer à plaire à son père.

Mais il y a ces soirs magiques où Clemens se transfigure en roi prodigue, lorsque, accompagné au piano par sa femme ou par un des amis invités à dîner, il se campe au milieu du salon, très droit dans la lumière blonde, un peu acide, tombant du lustre, et chante des airs de Bach, de Schütz, de Buxtehude ou de Schubert de sa voix de baryton basse douée d'une étonnante plasticité. Sa bouche s'ouvre en grand, en abîme d'ombre où tremble et gronde un soleil d'orage. La lumière chatoie sur la monture de métal de ses lunettes et ses yeux disparaissent, comme fondus dans les cercles de verre. Son visage glabre au front dégarni, au nez busqué, semble alors lui aussi coulé dans quelque métal blanc, ou pétri dans de la pâte. Un masque de coryphée, nu et brillant. Et il esquisse dans l'air des gestes de semeur, au ralenti. Ses mains sont trapues, mais ses ongles parfaitement soignés, et ils luisent sous le lustre.

L'enfant écoute en retenant son souffle pour laisser davantage d'espace à celui de son père, tout en puissance et en souplesse. La voix d'un maître de la nuit dont il dompte les forces menaçantes comme il a su terrasser l'ennemie-fièvre. Car Franz-Georg en est sûr, c'est en chantant de la sorte que son père a dû l'aider à guérir, et certainement est-ce ainsi qu'il soulage ses innombrables patients accourus de toute l'Europe. Et il se drape dans cette chrysalide vocale plus dense et voluptueuse que le rideau de velours pourpre du salon où il s'amuse parfois à se cacher.

C'est pour cette voix-là, celle des soirs enchantés, que Franz-Georg aime son père, et l'admire sans mesure. Tant pis si ce père ne se montre guère affectueux, même si cela le blesse ; son chant suffit à le consoler de cette peine, ou du moins il la transforme en mélancolie bienheureuse. Son père est distant, mais son chant est un abri, une jouissance. Il porte un soleil nocturne dans sa poitrine.

Séquence

Chant nocturne dans la forêt

« Toujours nous te saluons, ô Nuit !
Mais plus encore dans cette forêt
Là où ton œil sourit furtivement,
Là où ton pas se fait plus discret encore !

...

Tes paroles sont un chuchotement de brises,
Tes chemins sont des rayons entrelacés,
Ce que ta bouche apaise d'un baiser
Ferme les yeux et tombe dans un profond som-
    meil !

...

Et nous chantons en chœur :
« La nuit est chez elle dans la forêt ! »
Alors l'écho longuement nous répond :
« Elle est chez elle dans la forêt ! »

Dans cette forêt, nous te saluons doublement,
Ô douce nuit,
Car tout ce qui te rend si belle
Nous y sourit plus gracieusement encore. »

Nachtgesang im Walde
œuvre chorale de Franz Schubert
sur un poème de Johann Gabriel Seidl

Fragment 4

Le père se montre préoccupé depuis quelque temps, il tient de longs conciliabules avec la mère, ou avec certains de leurs amis tout aussi rembrunis. L'enfant est tenu à l'écart de ces conversations dont il saisit cependant des bribes. Parmi les mots qui reviennent souvent dans les discussions, il y en a un qui l'intrigue et l'inquiète : typhus. Les malades que soigne le docteur Dunkeltal succombent par milliers à cette infection. Franz-Georg a essayé de se renseigner, mais il lui est plus difficile de s'enquérir du sens d'un mot dans un dictionnaire que de l'emplacement et de l'étendue d'un continent dans un atlas, car il ne maîtrise que faiblement la lecture. Mais comme il entend encore davantage prononcer les mots « guerre, ennemi, défaite », il les amalgame à nouveau à celui de maladie, donc de typhus.

Clemens Dunkeltal, lui, ne confond rien, et il prend avec une aigre lucidité la mesure du danger qui croît. De jour en jour lui et ses amis perdent de leur superbe, il leur vient une nervosité croissante, un air traqué et hargneux. Même

Julius Schlack, le compagnon jovial qui a égayé tant de soirées à la maison, et Horst Witzel, le confrère de Clemens, poète par procuration à ses heures de loisir qui saisit chaque occasion pour réciter de longs poèmes de Kleist, de Goethe, de Herder, de Hölderlin et de Schiller, ne blaguent plus ni ne déclament. Tous changent soudain leur façon de s'habiller, de se saluer, de se comporter. Ils abandonnent leurs uniformes si imposants, leurs saluts bruyants et solennels, ont le verbe moins haut et la démarche moins martiale. Ils finissent par raser les murs. Et, à force de raser les murs, ils jouent aux passe-murailles et se transforment en courants d'air.

Une nuit de mars, les Dunkeltal s'enfuient de leur maison avec une discrétion de voleurs. Franz-Georg, accroché d'une main à sa mère, étreint de l'autre son ours pour conjurer sa peur de la nuit, et de l'inconnu. Dans son esprit, ils fuient un ennemi redoutable nommé typhus, venu de tous les coins de l'Europe. Est-ce la même fièvre que celle qui a failli le tuer moins de deux ans auparavant ? Alors ses oncles seraient morts en vain, et la légende familiale ne serait plus qu'un leurre.

Ils vont vers le sud. Mais le sud n'en finit pas de reculer, semble-t-il, tant le chemin est long, tout en zigzags et en panique. Ils errent à travers le pays délabré, traversent des villes et des villages en ruines, croisent des hordes de gens hagards. Parfois ils se terrent plusieurs jours dans une cave, ou dans une grange. Ils ont faim, mais la peur les harcèle plus encore.

Ils ont tout perdu, même leurs noms ; ils ont troqué celui de Dunkeltal contre Keller – les parents s'appellent désormais Otto et Augusta Keller, et lui, simplement Franz Keller. Seul l'ours Magnus a le droit de conserver intacte son identité. L'enfant interprète à sa façon cette absurde modification, il se dit que dans la débandade ambiante, ahurissante, où la moindre chose devient objet de troc, jusqu'aux croûtons de pain et aux mégots, un nom aussi peut bien avoir valeur d'échange. Mais contre quoi, pour quel gain, ça, il ne le comprend pas, et ses parents ne le lui expliquent pas vraiment, se contentant de lui interdire toute allusion à son véritable nom, à la maison qu'ils ont quittée, à la région où ils vivaient, et même au métier de son père. L'enfant écoute les ordres qui lui sont chuchotés sur un ton de confidence impérieuse, et obéit sans discuter. Il est docile et réservé de nature, habitué à vivre en marge des adultes dont tant de paroles et de comportements lui demeurent énigmatiques ; il garde pour lui ses étonnements, ses doutes et ses questions, et les laisse mûrir gravement dans sa solitude. Mais le spectacle des villes ravagées, des foules effarées fuyant le long des routes où par moments éclatent des scènes invraisemblables, quand la folie monte à l'aigu, et les vrombissements du ciel sillonné d'avions, le jettent dans un état de stupeur et de nausée qui se traduit bientôt en douleurs sourdes dans son ventre, comme si toutes ces images de débâcle étaient des fruits pourris, des morceaux de viande avariée qu'il avalerait par les yeux et lui infesteraient les entrailles. La nuit, ces images difformes bougent dans son ventre avec des clapotements d'eau boueuse, et il se réveille en pleurant, recroquevillé autour de Magnus.

Et voilà que le père se sépare de lui et de sa mère, il les laisse poursuivre seuls ce périple en enfer. Il dit qu'il les rejoindra dès qu'il le pourra, mais pour sa sécurité il lui faut encore se cacher, et sans lui, ils avanceront plus vite. C'est exact, sitôt le père parti de son côté, l'interminable voyage prend une meilleure allure, comme si un poids s'était détaché d'eux, qui entravait leur marche vers le sud. Il n'empêche, l'enfant ressent douloureusement cette séparation.

Augusta Keller et son fils Franz entrent dans une petite ville qui, encore quelques semaines auparavant, devait être très jolie. Elle n'est plus que décombres au bord d'un lac. Là s'achève enfin leur errance, et commence leur attente de l'arrivée du père.

Notule

FRIEDRICHSHAFEN : ville du sud-ouest de l'Allemagne, située sur la rive nord du lac de Constance.

Au XIXe siècle la ville servait de résidence d'été à la famille royale des Württemberg.

L'histoire de la ville est marquée par Ferdinand von Zeppelin qui a mis en place, à la fin du XIXe siècle, la production de dirigeables rigides à carcasse métallique.

Important centre industriel au début du XXe siècle (construction de moteurs d'avion...).

A la fin de la Seconde Guerre mondiale, la ville a été l'objet de violentes attaques aériennes de la part des Alliés ; la vieille ville a été presque entièrement détruite.

Fragment 5

Augusta Keller se montre un double assombri de l'aimable Thea Dunkeltal. Elle a perdu sa belle maison, son statut social, et son cercle de connaissances où chacun s'inclinait avec beaucoup de compassion et de révérence devant le grand deuil qu'elle porte de ses deux jeunes frères sacrifiés pour que s'étende le Reich immensément dans l'espace et le temps. Elle a surtout perdu son rêve de grandeur qui l'aidait à supporter avec bravoure son chagrin de sœur amputée de ses deux cadets, héros sans sépulture dont des chiens errants, ou des loups, ont dû dévorer les cadavres gelés quelque part à l'Est, en terre de neige et de barbarie.

Le Führer est mort – lui, l'incarnation à la voix flamboyante de ce rêve de splendeur –, et avec lui a sombré le Reich millénaire après une dérisoire douzaine d'années. Il ne reste plus rien de ses deux passions mêlées, la patriotique et la fraternelle, rien que des débris, des cendres et des ossements. Elle vient de voir sa nation passer du jour au lendemain du triomphe au cataclysme, les belles villes du pays s'effondrer comme des

31

termitières incendiées, et son peuple si fier s'effri-
ter en bandes de fuyards transis de trouille, de
misère et de honte. Elle se sent scandaleusement
flouée, volée, et au fil des jours son affliction
s'empoisonne d'aigreur. Mais elle est forte, elle
est décidée à se battre pour survivre, et elle se
sangle de patience pour attendre l'arrivée de son
mari. Grâce à des relations que celui-ci avait à
Friedrichshafen, elle trouve une chambre où se
loger avec son fils, dans un quartier excentré
épargné par les bombardements, et un emploi
de cuisinière dans un hôpital ; le salaire est dérisoire, mais le poste idéal pour glaner de quoi ne
pas dépérir de faim.

Malgré sa fatigue, elle prend encore le temps
de raconter le soir des histoires à son fils, elle sait
que tout ce qu'il a vu au cours de leur cavale à
travers des paysages de désastre l'a bouleversé.
Chaque nuit il se réveille en sursaut, il crie, il
gémit, alors elle le prend dans ses bras, elle le
berce contre elle, lui ressasse à voix douce l'épopée familiale pourtant si mise à mal. Elle brode,
elle enlumine le passé, elle estompe autant qu'elle
le peut les souvenirs des dernières semaines et
promet un futur radieux. Dès que le père sera
de retour, tout ira mieux, la vie recommencera
comme avant, ailleurs et autrement, certes, mais
comme avant, oui, mieux qu'avant même. Elle

s'enivre autant que l'enfant des fables qu'elle lui déroule en boucle dans l'obscurité de leur chambre miteuse.

Et les jours passent, à la fois mornes et éprouvants, plombés par le manque, par l'attente et l'anxiété. Mais irrigués d'espoir. Un soir d'automne, le père enfin réapparaît – ou plutôt, l'ombre du père. Otto Keller n'est pas même un double affaibli du puissant Clemens Dunkeltal, mais une contrefaçon pitoyable ; il s'est rabougri en un fugitif crasseux, très amaigri, mal rasé, au regard de bête traquée, mauvaise. Franz observe avec consternation son roi de la nuit déchu, évidé de sa force, destitué de toute magie. Peut-il seulement encore chanter, avec ce pauvre corps efflanqué et voûté ? Qu'est devenu le soleil nocturne qui sonnait voluptueusement dans sa poitrine ? L'a-t-il aussi troqué, comme son nom, comme sa montre et tant d'autres objets, contre des vivres ou des faux papiers ? Mais le bonheur de le revoir vivant l'emporte sur la mortification de le découvrir si amoindri, il se tient le plus possible auprès de lui, exprimant avec ses yeux ce que ses lèvres n'osent articuler : que ce n'est pas grave, tout ce qui arrive, et que surtout il l'aime toujours, peut-être même davantage. Oui, davantage, car désormais la pitié à l'égard de son père prime sur la crainte que celui-ci lui inspirait du temps de sa superbe. Et au moins, à présent, le père ne s'absente plus comme lorsqu'il occupait des fonctions importantes, il reste la plupart du temps enfermé dans la chambre, ne se hasardant à l'extérieur que rarement, et toujours à la tombée de la nuit.

Ainsi pense l'enfant, qui, flottant dans un leurre magistral entretenu par sa mère, n'a toujours rien compris aux événements et vit candidement en marge de la réalité, malgré toute la brutalité dont cette réalité fait preuve, et qu'il a à subir. Mais la faim et le dénuement lui paraissent presque légers entre ses deux parents réunis. Et puis un grand projet se trame, il est question de partir pour un pays lointain, de l'autre côté des mers. Le nom de ce pays, qu'il entend souvent prononcer le soir par ses parents, sonne avec la clarté d'une promesse, la beauté d'un rêve, et le charme d'un secret : Mexique.

Mexique – tel est en effet leur secret à tous trois, leur espoir, leur avenir.

Une nuit le père rentre tout heureux d'une de ses discrètes échappées, il s'est procuré l'argent et les papiers nécessaires à son voyage. Il est enfin équipé pour partir en éclaireur au Mexique, où sa femme et son fils le rejoindront dès qu'il

pourra les faire venir sans danger. Il montre fiè-
rement à Augusta-Thea ses nouveaux papiers au
nom de Helmut Schwalbenkopf, et ce patronyme oiselier l'amuse. « Schwalbenkopf, tête
d'hirondelle, voilà qui est de bon augure pour
entreprendre cette migration périlleuse ! » Puis il
ajoute avec un sourire bizarre : « Ah, ce brave
Helmut... », et enchaîne d'un ton badin sur une
strophe d'un poème de Eichendorff : « *Si tu as
un ami en ce monde, méfie-toi de lui en cette heure,
ses yeux et sa bouche sont peut-être amicaux, alors
qu'il pense guerre au cœur de la vicieuse paix.* »
Franz l'écoute, un peu désemparé, et, lui prenant
la main, il demande : « Chante, papa, s'il te
plaît... » Comme sa toute fraîche mue en Helmut
Schwalbenkopf l'a mis de bonne humeur, le père
entonne, mezza voce, un lied de Schubert qui
émeut délicieusement l'enfant.

Notule

SCHWALBENKOPF HELMUT : né en 1905 à Friedrichshafen, dans le Bade-Wurtemberg. Boulanger.

Marié en 1931 à Gertrud Meckel, née en 1911.

Deux enfants : Anna-Luisa, née en 1934, et Wolf, né en 1937.

Enrôlé en 1939, il est envoyé en Pologne, où il est blessé, et plus tard en Russie, où il est fait prisonnier. Libéré en 1946, il rentre chez lui.

De retour à Friedrichshafen, il apprend que sa femme et ses deux enfants sont morts et que sa boulangerie a disparu sous les bombardements de la ville à la fin de la guerre.

Devenu vagabond dans sa ville, il disparaît un soir de mars 1947. On ignore ce qu'il est devenu. Certains supposent qu'il se serait suicidé, mais son corps n'a jamais été retrouvé. Peut-être s'est-il jeté dans le lac, dont les eaux sont le plus discret et inviolable des tombeaux.

Le père est reparti, pour un très long voyage cette fois. Et l'attente recommence, plus tendue encore que la fois précédente. Thea, qui conserve son pseudonyme d'Augusta Keller, se corsète à nouveau de patience, mais sous le poids de la fatigue et de l'anxiété qui vont croissant au fil des jours, elle devient dure, irritable. Elle cesse de cajoler son fils et se met de plus en plus souvent à lui faire des reproches ; elle considère soudain qu'il est trop rêveur, paresseux, et qu'il serait grand temps qu'il sorte de l'enfance où il s'est suffisamment attardé. Elle reprend à son compte les critiques et la rudesse du père à l'égard du garçon.

Il est vrai que Franz a déjà neuf ans, mais il n'est nullement pressé d'entrer dans les rangs des adultes. En grandissant, il commence à mieux comprendre leurs comportements, leurs plaisirs et leurs tracas, mais sans encore en pénétrer la signification. Et il ne cherche pas à approfondir sa compréhension de la nébuleuse des grandes personnes, car le peu qu'il en déchiffre ne lui paraît guère captivant. Il devine quelque chose de mesquin, de misérable même parfois, dans leurs préoccupations autant que dans leurs satisfactions. Et puis, ils se révèlent bien peu fiables. Ils vaquent tranquillement à leurs affaires pendant des années, et subitement ils abandonnent tout, se sauvent, changent de nom comme de chemise, et à la fin s'enfuient au bout du monde.

Il y a pire : les adultes sont capables de tout casser, tout brûler – les maisons, les ponts, les églises, les routes, des villes entières... Il a vu cela et il vit toujours dans un paysage de ruines. Mais il semble qu'il y ait encore pire que cette folie-là : la destruction, non plus seulement de villes, mais de peuples entiers. Voilà qui dépasse l'entendement du jeune Franz. Il a entendu des histoires invraisemblables à ce sujet, et surtout aperçu des photos qui à la fois fascinent et aveuglent le regard – des monceaux de corps squelettiques pareils a des fagots de bois blanc jetés en vrac, des morts-vivants aux yeux énormes, hallucinés dans des trous d'ombre, des enfants si maigres et fripés qu'ils ressemblent à de petits vieillards à tête chauve, trop lourde pour leur cou réduit à la taille d'une tige de rhubarbe. Et sa mère, loin de lui expliquer quoi que ce soit, de l'aider à affronter ces révélations qui provoquent une déflagration mentale et laissent la pensée à plat, en miettes, refuse d'en discuter, elle s'acharne même à nier les faits, allant jusqu'à taxer les informations de mensonges, et de trucages les photographies divulguées. Et elle déclare, avec autant de conviction que de rancœur, que c'est précisément à cause de toutes ces calomnies répandues par les vainqueurs que son mari a été contraint de fuir, et elle dit qu'il lui tarde d'aller le retrouver, de quitter à tout jamais ce pays qu'elle a pourtant tellement aimé, mais qui a perdu toute grandeur depuis qu'il est orphelin de son Führer. Franz ne sait ni comment ni quoi penser, il a du mal à distinguer les frontières du réel, à faire la part entre la vérité et les mystifications ; il flaire bien de forts relents de mauvaise foi et de malhonnêteté dans les propos acrimonieux de sa mère, mais Thea conserve de l'ascendant sur lui et ce qu'elle affirme fait autorité, vaille que vaille.

De même, il se pose des questions au sujet de son père, dont le nom, ainsi que celui de ses amis Julius Schlack et Horst Witzel, a été abondamment cité au cours des procès qui se déroulent depuis la fin de la guerre, mais ces questions butent contre un mur de stupeur tant elles sont monstrueuses. Son père est déclaré « criminel de guerre », la démesure de l'expression rend celle-ci inconcevable, Franz ne parvient pas à en saisir précisément le sens. Il y parvient d'autant moins, qu'au fond, il ne veut pas vraiment comprendre tant il craint de se colleter avec une vérité qu'il pressent hideuse. Incrimine-t-on le docteur Dunkeltal de n'avoir pas su triompher du typhus qui a décimé des milliers de malades dans le camp où il exerçait son métier ? Cela paraît injuste à l'enfant, incapable d'oser imaginer autre chose qu'une faute d'incompétence. Envers et contre tout, il garde une image prestigieuse de son père et désire le revoir, entendre à nouveau son chant sonore et apaisant. Non, décidément, Franz n'a aucune envie de quitter l'état d'ignorance propre à l'enfance, aucune hâte de se jeter dans la cruelle mêlée des adultes. D'ailleurs, il n'a pas eu son plein d'enfance, la maladie lui en a volé une très grande part, la guerre et l'exode ont meurtri le reste. Et cette part perdue le tourmente, elle le lancine comme un membre amputé qui continue à élancer dans le corps d'un mutilé. Aussi, plutôt que de souffrir en interrogeant les accusations portées contre son père, il préfère se tourner vers l'éclipse de son propre passé et scruter cet étrange trou noir qui a englouti sa petite enfance.

A force de se concentrer sur ce mystère qui sommeille au fond de lui, il lui donne de la vigueur. Parfois il le sent frissonner dans sa chair, diffusant alors sous sa peau des sensations fugaces dont il ne saurait dire si elles sont pénibles ou agréables. Cela se produit toujours à l'improviste, mais il a vite remarqué que ces fulgurations clandestines, pareilles à des giboulées d'aiguilles de feu éclatant au-dedans de son corps pour filer à toute allure le long de ses nerfs, de ses veines, de sa colonne vertébrale, surgissent à certaines occasions : quand flamboient des couleurs intenses et stridentes – ainsi le rouge et le jaune francs d'un feu prenant soudain force en vrombissant dans le poêle, un soleil de midi aveuglant, un crépuscule bariolé à outrance d'orange et de rouge vifs, la fêlure gigantesque d'un éclair safran sur le bleu foncé du ciel. Une fois, devant une telle irruption de lueurs incandescentes, il a ressenti une excitation qui est allée en crescendo jusqu'à s'épanouir en séisme au plus intime de son corps, une sorte de commotion aussi brutale que voluptueuse dont il est sorti rompu et jubilant, abasourdi. Il venait d'éprouver un orgasme pour la première fois, sans comprendre de quoi il s'agissait.

Du coup, il se passionne pour les couleurs et rêve de devenir peintre, mais il ne dispose que de quelques pauvres crayons et de craies dont il barbouille des morceaux de carton, faute de

matériel. Le résultat est si décevant qu'il abandonne bientôt ces essais de coloriage, et il se
contente d'attendre que jaillissent, ici ou là, ces
coulées de couleurs cinglantes qui le jettent dans
un trouble qu'il redoute autant qu'il l'espère.

Notule

DUNKELTAL CLEMENS (né le 13.04.1904) :
Obersturmführer de la SS.

Docteur en médecine. Exerça la fonction de médecin de camp successivement aux KL Dachau, KL Sachsenhausen, KL Gross-Rosen, KL Bergen-Belsen.

Il effectuait les sélections parmi les déportés, expédiant vers les chambres à gaz les malades et les plus faibles ; a pris lui-même part directement à l'extermination de nombreux prisonniers en leur administrant une piqûre de phénol dans le cœur.

Condamné par contumace à la prison à vie, il est recherché en Amérique centrale où on le soupçonne d'avoir réussi à s'enfuir grâce à l'appui de l'organisation clandestine nazie ODESSA.

Fragment 7

Les jours s'égrènent avec lenteur, avec lourdeur. Augusta Keller les compte en silence, les compte et les recompte comme un épargnant évalue le montant de ses économies destinées à lui offrir une vie meilleure. Plus le temps passe et plus s'exacerbe sa hâte d'en finir avec son actuelle existence au rabais, elle attend le signal qui va lui permettre de rejoindre son mari.

Ce qui arrive enfin n'est pas un signal de départ, mais plutôt l'annonce d'une stagnation définitive – on lui apprend que son mari est mort. Après une cavale de près de trois ans qui l'a conduit jusqu'au Mexique, en louvoyant par plusieurs pays, il a tenté de s'installer dans l'État de Veracruz. Mais là encore, il s'est senti pisté, épié et en danger, alors, à bout de forces et d'espoir il se serait suicidé. Le dernier nom d'emprunt sous lequel il se cachait au moment de sa mort était Felipe Gómez Herrera.

Augusta Keller n'a plus rien à attendre, son rêve d'échappée belle vient de se fracasser dans le vide. La veuve réintègre son nom de Thea Dunkeltal, puisque le pire est advenu elle n'a plus rien à craindre, donc plus rien à dissimuler. Elle n'a non plus nulle part où aller, ses parents sont morts dans le bombardement de Berlin, et ce qui lui reste de famille, à Zwickau, est captif de l'autre côté de la frontière qui désormais scinde l'Allemagne comme une cicatrice purulente. Dans le désert où elle se retrouve prisonnière, la veuve Dunkeltal se met à tourner en rond. Des cercles de plus en plus étroits, qui se font bientôt étouffants. Elle souffre d'asthme, mais néglige de se soigner. Elle chemine à pas de mule vers sa propre extinction.

Franz-Georg se replie sur lui-même, plus seul et désemparé que jamais. C'est un repli sur du vent, car il vit dans un sentiment aigu de non-sens et de précarité. Comme lors de sa convalescence dans la campagne du Lüneburg, près de Celle, il cherche du réconfort auprès de la nature, terre et ciel. Il respire l'espace, y déploie ses sens, rêvant longuement autour de toute chose. La rêverie consiste chez lui en une sorte de lente manducation du visible, des sons, des odeurs. Il aime le lac, cette étendue de bleu lisse qui varie sans cesse, allant de l'azur laiteux au violet presque noir, ou d'un tilleul opalin au vert foncé selon les heures du jour, autant qu'il a aimé la lande. Il ne se lasse pas d'étudier la vie des couleurs, leurs perpétuelles transformations, leurs frémissements, leurs lentes effusions suivies de brusques changements.

Et toujours il guette avec fébrilité l'explosion d'un rouge ardent, d'un jaune acide, d'un orange cru.

Il rumine le monde, et plus que jamais les accusations portées contre son père, ainsi que les circonstances de sa mort demeurées obscures. Mais une brume toujours empoisse ses pensées, entrave son questionnement, l'affection et la répulsion à l'égard de cet homme luttant désormais continuellement en lui.

Il convoque tous les souvenirs qu'il a thésaurisés de son père. Comme depuis sa guérison il a dressé sa mémoire à enregistrer les moindres détails et à les conserver vivaces, il réussit à visionner la silhouette, le visage, la démarche et les gestes du disparu. Cet exercice de visualisation exige beaucoup de concentration, et il se déroule les yeux fermés. Le père apparaît sous les paupières du garçon tel qu'il était avant la débandade, Franz-Georg évite de se remémorer l'homme banni et pourchassé qu'il était devenu ensuite. Ce souvenir-là, le fils le relègue dans l'ombre, il lui fait trop mal, il annonce trop cruellement le processus de déchéance du fuyard en fantôme. Oui, le père n'est plus qu'un fantôme errant au-delà des mers.

Il ne s'applique pas seulement à ressusciter visuellement le défunt, il s'évertue plus encore à en raviver la voix. Cette voix massive qui avait le don de l'envelopper d'une peau d'ombre et de vent plus ample et tendre que la nuit. « *Tes paroles sont un chuchotement de brises, / Tes chemins sont des rayons entrelacés, / Ce que ta bouche apaise d'un baiser...* » Comment est-il possible que cette voix ait hurlé l'épouvante à la face de centaines, de milliers de prisonniers, les ait exterminés ?

Il décide d'apprendre l'espagnol, la langue du pays où son père a passé ses derniers jours, et il étudie la géographie du Mexique. Le nom de Veracruz se dresse comme le grand mât d'un voilier naufragé à l'horizon contre un ciel blême. Il tisse un linceul autour du corps perdu de son père dans les mots qu'il récolte en fouillant dans des livres, en compulsant un atlas et un dictionnaire, il bâtit un tombeau de vocables étrangers pour sa voix à jamais tue.

La voix de sa mère, elle, sonne aigre, son souffle est court. Elle n'a plus les inflexions chaudes d'autrefois, quand elle lui racontait leur légende familiale, ni ces notes cristallines qui tintaient dans son rire. La légende est au rebut, et toute joie consommée.

Un après-midi, en rentrant de l'école, il trouve sa mère assise à la table, face à un visiteur qu'il n'a jamais vu. D'ailleurs, les visites sont devenues très rares depuis des mois. Thea dit : « Voici Franz-Georg », puis, désignant l'inconnu : « Je te présente Lothar, mon frère. » Lothar se lève, mais le garçon reste immobile sur le seuil. Il ne comprend rien ; de quel frère s'agit-il ? sa mère ne l'a jamais mentionné dans l'épopée parentale, il n'a entendu parler – et d'abondance – que des deux jeunes soldats dont il porte les prénoms.

L'homme est grand, assez fort, vêtu avec une élégance sobre. Franz-Georg ne voit en lui aucune ressemblance avec sa mère, devenue si menue, et fanée. Mais quand l'autre lui adresse un sourire, il perçoit un air de famille. Du temps où sa mère était gaie, affectueuse, elle avait le même sourire. « Lothar est revenu d'Angleterre, où il vit depuis douze ans, pour faire ta connaissance », commente Thea. Et elle ajoute : « Tu vas partir avec lui, à Londres. Ta valise est prête. Tout est en ordre. » Elle annonce ces nouvelles ahurissantes d'un ton détaché, le regard fixé sur le mur gris où est accroché un portrait de Clemens. « Et toi ? » demande Franz-Georg sortant de sa stupeur. « Moi, rien. Je reste. Le voyage serait

49

pour moi trop fatigant. Je vous rejoindrai plus tard, quand j'irai mieux. » Mais la mort chuinte déjà dans sa voix exténuée et trahit son pauvre mensonge. Personne n'est dupe, le frère et le fils la regardent en silence s'absenter dans la contemplation de la photographie de son mari, ou plutôt, de la grisaille du mur sale, du néant de sa vie.

Elle se tourne enfin vers son fils, et lui dit, avec un sourire forcé : « Ta pouillerie de Magnus sera du voyage, je l'ai même un peu toiletté pour l'occasion. Il est rangé dans ta valise. »

A ces mots, le garçon comprend, sans pouvoir se l'expliquer, que sa mère vient de lui faire ses adieux, et que toute discussion pour la convaincre de les accompagner, ou pour retarder, voire refuser ce départ impromptu avec un oncle apparu comme un lapin d'un gibus de prestidigitateur, serait vaine. Un adieu sans appel. Après l'avoir remis au monde par la grâce de la parole, quand il était petit, elle l'expulse à présent loin d'elle par la dureté d'une poignée de mots.

Notule

FAMILLE SCHMALKER :
– Wilhelm Peter Schmalker, né en 1877 à Berlin. Professeur de médecine. En 1902 épouse Friedericke Maria Hinkel, née en 1884 à Zwickau. Morts en 1945.
De leur union sont nés cinq enfants :
– Lothar Benedikt : né le 03. 05.1904. Pasteur. En 1931, épouse Hannelore Storm. Émigre avec sa femme et leurs deux filles en 1938 en Angleterre.
– Paula Maria : 07.02.1905 / 11.02.1905.
– Thea Paula : née le 21.12.1905. En 1927, épouse Clemens Dunkeltal (mort en 1948 ou 1949 ?). Décédée en septembre 1950.
– Franz Johann et Georg Felix : nés le 18.08.1921. Membres de la Jeunesse hitlérienne. Engagés dans la Waffen-SS, ont participé à plusieurs batailles. Tous deux sont morts à Stalingrad en novembre 1942 à trois jours d'intervalle.

Lothar explique à son neveu qu'il serait préférable qu'il renonce à son patronyme de Dunkeltal, qui pourrait lui porter préjudice. Il lui propose de prendre celui de Schmalker, ainsi s'ancrerait-il plus solidement dans sa famille maternelle où il vient d'être accueilli. Et il lui suggère aussi de choisir un autre prénom, Felix, par exemple, un joli mot qui allie l'idée de fécondité et celle de bonheur. Il a eu son lot d'épreuves, il est temps pour lui de commencer une vie nouvelle, avec un nom neuf voulant dire « heureux ».

Mais ce prénom n'a rien de neuf ni de gai, il avait été donné à Georg, en seconde dénomination, le garçon connaît par le menu la biographie de ses jeunes oncles. Peu importe qu'il n'ait figuré que sur des documents administratifs et n'ait peut-être jamais été prononcé, il n'en a pas moins été déjà attribué à un membre de la famille Schmalker, il est donc chargé d'ombres. Franz-Georg signale ce détail à Lothar qui semble l'ignorer, à moins qu'il ne le feigne. Lothar esquive la remarque, et laisse finalement son neveu libre de choisir le prénom qui lui convient. Franz-Georg

ressent comme une agression ce deuxième boule-
versement de son identité auquel on l'incite, et il
pense à son père qui a jonglé avec divers noms
pour finir par crever dans la peau d'un certain
Felipe Gómez Herrera. Décidément, les adultes
sont incompréhensibles, et parfois terriblement
agaçants. Après une longue et morose réflexion,
il finit par opter pour un prénom qui passe partout – le premier de l'humanité : Adam Lothar
le félicite de ce choix.

La tante Hannelore, elle, ne manifeste aucun
sentiment particulier à l'égard de ce jeune intrus
rescapé du naufrage de l'Allemagne nazie où,
Dieu – enfin – soit loué, le couple Dunkeltal a
sombré. Elle étudie ce neveu indésirable avec une
attention discrète et pointue, soucieuse de dis-
cerner ce qu'il pense de l'ensemble des événements, jusqu'à quel point il a été influencé par
ses parents. Mais elle s'abstient de le questionner,
et même de faire allusion à la fin lamentable de
Clemens, et à celle, misérable, de Thea, morte
quelques semaines après le départ de son fils.
Hannelore éprouve un mélange de pitié et de
méfiance pour cet adolescent orphelin de ses
deux parents, de son pays, de son nom. Elle
doute qu'il suffise d'attribuer une identité neuve
à un garçon de bientôt treize ans, et de le plonger

dans un milieu radicalement différent de celui qu'il a jusqu'ici connu, pour le laver des hideurs de l'Histoire où il a grandi et le délivrer du double deuil qui le frappe.

Mais Adam, en écho muet à Hannelore, ne laisse rien paraître de ses propres sentiments et jamais il n'évoque son passé récent. Chacun vit sur ses gardes, le cœur plombé de questions et de non-dits.

Adam cependant découvre au fil des jours les dessous de la famille Schmalker, et, par extension, la face cachée de ce Reich que célébrait sa mère et que son père a servi avec une abjection zélée. C'est Lothar qui l'instruit progressivement des faits, étonné de constater à quel point l'enfant a été maintenu dans l'ignorance de presque tout, et aussi combien il s'est complu dans cette fausse ingénuité, même s'il en devine la cause. Le temps des fables est révolu ; qu'il le veuille ou non, Adam a grandi et il ne peut plus continuer à se réfugier dans le douillet non-savoir de l'enfance par peur de devoir faire face à la vérité.

La réalité le rattrape donc enfin au collet, dans une ville étrangère, au sein d'une famille émigrée meurtrie en profondeur par la cruauté forcenée qui a sévi dans leur pays d'origine, et à laquelle certains de ses propres membres ont collaboré. Ainsi apprend-il les raisons qui ont conduit peu à peu Lothar et Hannelore à fuir l'Allemagne prise en otage par Hitler.

Thea, d'un an et demi la cadette de Lothar, avait été très proche de son frère jusqu'à ce qu'elle rencontre Clemens Dunkeltal, étudiant à l'université de médecine où enseignait leur père. De ce brillant étudiant qui avait hésité entre la médecine et le chant, pour lequel il avait des dons évidents, Thea la romantique était tombée éperdument amoureuse. Clemens, lui, était surtout flatté de pouvoir entrer dans la famille du professeur Schmalker. L'année 1928 fut pour lui fastueuse : il devint le gendre d'un éminent professeur, et prit sa carte au parti national-socialiste des ouvriers allemands dirigé par son mentor Hitler. Les parents de Thea, issus de milieux de la vieille bourgeoisie conservatrice, nostalgique de l'empire wilhelmien et hostile à la République de Weimar, considérèrent au début avec indulgence, et même un brin de fierté, l'ardeur nationaliste de leur gendre. Thea, elle, approuvait sans réserve tout ce que déclarait et entreprenait son mari. Quant aux jumeaux Franz et Georg, encore petits garçons, ils portèrent bientôt à cet homme martial une admiration naïve et enthousiaste. Restait Lothar, le fils aîné, dont l'intérêt pour la théologie et les questions éthiques s'accommodait plutôt mal au credo sauvage éructé par l'auteur de *Mein Kampf* dont Clemens lui avait vivement recommandé la lecture. Ses relations avec son beau-frère s'étaient très vite détériorées, toute discussion entre eux dégénérant en dispute, ce qui peinait ses parents et enflammait Thea. Ainsi se consuma la complicité qui unissait depuis l'enfance les deux aînés de la famille Schmalker.

Le désaccord s'envenima encore lorsque Lothar présenta sa fiancée d'origine non aryenne ; Hannelore appartenait à une famille juive originaire de Bohême, et convertie au protestantisme lors de son installation à Berlin vers 1898. L'hostilité se radicalisa en 1933 quand le régime nazi voulut brider les Églises du pays, catholique et protestantes, et qu'il força les Églises luthériennes à s'unifier en « Église allemande » d'où tout « non-aryen » était exclu. Une résistance s'était aussitôt organisée autour de quelques puissantes personnalités, les pasteurs Martin Niemöller, Otto Dibelius et Dietrich Bonhoeffer, donnant naissance à l'« Église confessante » et à l'organisation de séminaires clandestins. Lothar, qui avait connu Dietrich Bonhoeffer lors de ses études de théologie à l'université de Berlin en 1925, rejoignit les rangs des opposants en janvier 1934. Cette adhésion à l'Église confessante, la seule authentique car préservant la liberté de l'Église et respectant les valeurs réelles de la spiritualité chrétienne bafouées par la pseudo-Église allemande, inféodée au régime, idolâtre et criminelle, consomma sa rupture avec sa sœur et son beau-frère. Cette mise volontaire de Lothar à l'écart de la famille avait soulagé Clemens qu'indisposait très fâcheusement ce parent séditieux, accroché à sa Bible comme un âne à son piquet, et de surcroît marié à une juive.

Chacun suivit son chemin, Clemens et Thea au grand jour dans les tonitruants flonflons du Reich conquérant, Lothar et Hannelore dans la clandestinité d'une résistance dont le courage ne parvenait pas à pallier le manque de combattants de l'ombre. Enivrée de promesses de gloire, ou préférant filer doux devant un pouvoir brutal, la population adhérait en masse à l'idéologie délétère mise en place.

En 1937, la répression nazie se durcit et procéda à une vague d'arrestations dans les milieux dissidents ; le pasteur Martin Niemöller, parmi beaucoup d'autres, fut emprisonné, jugé sommairement et finalement interné à Sachsenhausen puis à Dachau, et tous les séminaires parallèles que l'Église confessante animait furent dissous. Cette même année, l'Église catholique, qui avait signé le concordat avec l'État nazi quatre ans plus tôt sans prendre alors la mesure de la criminalité hitlérienne, promulgua l'encyclique *Avec un souci brûlant*. Mais le Führer n'avait que faire de ces proclamations de vertueuse indignation, et il allait droit son chemin, écrasant au passage tout ce qui entravait sa marche vers le podium des dieux féroces.

Menacé en tant que dissident, interdit de toute activité pastorale et d'enseignement, et plus encore inquiet pour sa femme et l'avenir de leurs deux filles âgées de cinq et trois ans, Lothar prit la décision d'émigrer au printemps 1938. Mais en partant, il avait conscience de laisser totalement le champ libre à Clemens qui exerçait une influence néfaste sur Franz et Georg ; Wilhelm et Friedericke Schmalker étaient dégrisés depuis longtemps et percevaient avec un désarroi croissant combien le régime qu'ils avaient vu arriver avec une certaine satisfaction recelait en fait de mensonges, de délire et de brutalité, mais ils avaient beau essayer de mettre leurs deux plus jeunes fils en garde, ceux-ci ne les écoutaient pas. Les parents, déjà vieillissants, avaient perdu toute autorité sur leurs enfants fanatisés qui avaient Hitler pour dieu, Clemens pour modèle, et la guerre pour vocation.

La guerre, ou l'ivresse du crime élevé au rang de sacerdoce. Franz et Georg étaient entrés avec une foi de jeunes croisés dans la Waffen-SS, et ils avaient tué, incendié, massacré sans compter au nom de cette foi rutilante de sang. Franz était mort au combat, dans tout l'éclat de sa passion furieuse, mais Georg avait au même instant fatal perdu brutalement sa foi. Devant le visage fracassé de son frère, il avait découvert soudain le vrai faciès de leur déesse guerre : un morceau de viande écharpée et sanglante. Cela, pourtant, il l'avait vu souvent, lui, le tâcheron fougueux de la mort, mais sans jamais y accorder d'importance – ses victimes n'avaient pour lui pas de visage, qu'elles soient vivantes ou assassinées. Même la vue de ses camarades tués au front ne l'avait pas bouleversé à ce point. Il n'avait qu'un frère jumeau, Franz, son double, son corps second, son cœur en écho. Lui seul pouvait lui ouvrir les yeux – en se laissant arracher son masque d'homme prétendu nouveau pour exhiber la chair à cru de son pauvre visage de mortel. C'était donc cela la guerre, rien que cela, follement cela.

Un revirement radical s'était alors produit en Georg, sa croyance dans le surhomme célébré par son parti s'était d'un coup dissoute, frappée d'inanité, pour faire place à une foi en l'homme, en l'homme tout simplement, tel qu'il est dans son inachèvement et sa vulnérabilité. Il avait jeté son arme, et refusé de reprendre part aux combats. Ce refus, dans lequel il s'était entêté, avait été assimilé à une désertion, jugé comme telle, et le soldat Georg Felix Schmalker, dégradé de ses titres, avait été condamné à mort et exécuté sans délai.

Clemens, qui avait appris l'affaire, avait œuvré pour que le scandale de cette fin honteuse soit étouffé, autant pour épargner Thea, qui depuis longtemps avait volé à Friedericke son rôle de mère auprès des jumeaux auxquels elle vouait un amour jaloux, que pour ne pas nuire à sa propre carrière. Mais la famille avait tout de même fini par avoir vent de ce secret ; les parents en avaient éprouvé une petite lueur de consolation dans leur accablement, Thea, elle, avait nié l'événement et proclamé ses deux frères également unis dans une mort héroïque, comme ils l'avaient été tout au long de leur vie.

Lothar s'était promis de rentrer en Allemagne dès que le nazisme serait vaincu, pour être enfin aux côtés de ses parents, et pour participer à la relève de son pays, particulièrement à celle de l'Église luthérienne. Mais ses parents étaient morts sous les bombardements qui apportaient la victoire, nombre de ses amis avaient disparu, dont Dietrich Bonhoeffer qui après deux ans de captivité avait été pendu, le 9 avril 1945, à Flossenburg, le dernier camp où il avait été transféré. Incinéré, son corps réduit en cendres avait été dispersé dans le vent.

Mais le vent du Reich charriait tant de cendres humaines qu'il pesait d'un poids énorme sur le pays en ruines, chape de puanteur qui obstruait le ciel et suffoquait la terre. Dans le ciel du Reich effondré s'étendait un immense cimetière, invisible mais palpable, car suiffeux à outrance. Et dans ce ciel cinéraire flottaient tous les membres de la famille de Hannelore Schmalker, née Storm. Alors pour elle il fut hors de question de revenir dans ce pays qu'elle cessa de considérer comme sien. Elle ne voulait pas vivre sous un dais de chairs brûlées et de larmes inconsolées, irrémédiablement inconsolables.

Séquence

« Celui-là seul qui crie en faveur des Juifs et
des communistes a droit de chanter du grégo-
rien. »

Dietrich Bonhoeffer

Fugue de mort

« Lait noir de l'aube nous le buvons le soir
nous le buvons midi et matin nous le buvons la
   nuit
nous buvons et buvons
nous creusons une tombe dans les airs on n'y est
   pas couché à l'étroit
Un homme habite la maison il joue avec les
   serpents il écrit
il écrit quand tombe la nuit en Allemagne tes
   cheveux d'or Margarete
il écrit cela et va sur le seuil de la maison et les
étoiles fulgurent il rameute ses molosses en sifflant

il appelle ses Juifs en sifflant fait creuser une
    tombe dans la terre
il nous ordonne jouez et dansez donc
...
Il crie jouez plus doucement la mort la mort est
    un maître venu d'Allemagne
il crie assombrissez le son des violons alors vous
    montez
en fumée dans les airs
alors vous avez une tombe dans les nuages on
    n'y est pas couché à l'étroit
...
la mort est un maître venu d'Allemagne
tes cheveux d'or Margarete
tes cheveux de cendre Sulamith »

Paul Celan, *Todesfuge*

Fragment 9

Adam a reconstitué une partie du puzzle familial qui ressemble bien davantage à un tableau
d'Otto Dix, de George Grosz ou d'Edvard
Munch qu'à la peinture romantique que lui pré-
sentait sa mère. Mais ce puzzle reste encore très
incomplet, il y a ce trou du côté de sa petite
enfance, et Lothar ne peut pas l'aider à le com-
bler puisqu'il avait quitté l'Allemagne l'année de
sa naissance.

Il apprend l'anglais rapidement, mais sans
éprouver l'émotion que lui procure l'espagnol. Il
mène de front l'étude de ces deux langues, l'une
par nécessité pratique, l'autre par nécessité intérieure. Il a fait de l'espagnol un enjeu absurde,
magique : il veut parvenir à maîtriser parfaitement la langue du pseudo-Felipe Gómez Herrera
pour dominer le fantôme de cet assassin dont les
crimes demeurent à jamais impunis, et la répu-
gnante séduction toujours active en lui. En lui,
le fils mystifié, abandonné, et surtout insupportablement souillé par cette filiation. Ce n'est plus
un tombeau qu'il désire à présent bâtir dans cette
langue autour du corps du suicidé, mais une

forteresse où l'assigner à réclusion éternelle. En fait, il aimerait pouvoir dissoudre ce père dans les mots qu'il conquiert avec pugnacité, comme dans un acide.

Quant à sa mère, il n'arrive pas à la situer précisément dans les géographies accidentées de son cœur ; il pense à elle dans un remous de tendresse, de rancœur, de colère et de pitié. Il pense à elle souvent, si souvent qu'il ne peut pas se résoudre à l'idée qu'il ne la reverra jamais plus.

Elle avait en effet toiletté sa pouillerie d'ours en peluche avant de le fourrer dans la valise, comme elle le lui avait dit la veille de leur séparation, mais ce « toilettage » se révèle plutôt un curieux rafistolage. Les renoncules jaune d'or qui étoilaient de douceur les yeux de Magnus ont été transplantées sur le dessus de ses pieds, et à leur place deux petites roses en cristal, incolore mais très scintillant, ont été fixées. Après un moment d'étonnement, puis d'hésitation, Adam les a reconnues, ces roses d'eau étincelante, c'étaient les boucles d'oreilles en diamant que Thea portait autrefois, du temps des beaux dîners et des soirées musicales dans la maison près de la lande. Le petit garçon qu'il était alors s'émerveillait devant ces éclats de lune brasillant aux oreilles de sa mère, et nimbant son visage et ses cheveux blonds d'une clarté astrale. Elle les avait emportées lors de leur fuite, ainsi que les nombreux bijoux qu'elle possédait, pour les monnayer en cas de besoin. Le besoin n'ayant jamais cessé, elle avait certainement vendu toutes les pièces de son trésor, mais ces deux diamants d'une pureté parfaite, elle les avait conservés. A présent ils brillaient dans la face de Magnus – deux yeux globuleux à facettes, dénués de couleur, et surtout de toute rêverie. Des yeux de mouche monstrueuse, aveugle et aveuglante.

Sur le coup, Adam a eu envie de les arracher, ces diamants obscènes qui défiguraient son ours, mais à l'instant de passer à l'acte, ses mains sont retombées, c'était comme s'il allait faire violence à sa mère, l'énucléer. Il s'est contenté d'ôter du cou de la peluche le mouchoir brodé au nom de Magnus, pour lui bander les yeux avec. En examinant les boutons-d'or ridiculement piqués sur les pieds de Magnus, il s'est enfin rendu compte qu'il s'agissait aussi d'une paire de boucles d'oreilles ; un bijou beaucoup plus modeste, en or allié de cuivre. Sa mère a-t-elle porté ces boucles quand elle était jeune fille, avant d'épouser Clemens et de s'approprier des bijoux volés à des femmes assassinées dans les camps par son mari ?

Il a enveloppé Magnus dans un tissu et l'a caché au fond du placard de sa chambre.

Dès que son niveau d'anglais a été suffisant pour suivre une scolarité normale, son oncle l'a inscrit dans un collège, où il est pensionnaire. Il vit donc la plupart du temps en marge de la famille Schmalker, et ses relations avec ses deux cousines, Erika et Else, de cinq et trois ans ses aînées, restent distantes. Sa préférence va à la cadette, une petite brune à la grâce espiègle, déjà très courtisée ; Erika, par contre, lui inspire des sentiments mêlés, plutôt pénibles, tant elle ressemble à Thea – la tante a court-circuité la mère en donnant à Erika sa blondeur, ses traits pointus, et jusqu'aux inflexions de sa voix. Mais la jeune fille tient de Hannelore le caractère taciturne, le regard grave et la retenue. Cet entre-croisement de ressemblances se glisse jusque dans le choix qu'elle fait de son fiancé : un jeune homme issu de la communauté allemande émigrée à Londres, et qui se destine à la même fonction pastorale que son futur beau-père, comme autrefois l'étudiant en médecine Clemens Dunkeltal avait marché dans les pas du professeur Schmalker, mais pour bifurquer rapidement vers de tout autres voies, il est vrai, et s'y fourvoyer jusqu'à l'enlisement.

Parmi les amies d'Else, qui toutes excitent sa curiosité, une retient particulièrement son attention, une rousse toute frisée, nommée Peggy Bell. Ce qui le séduit chez cette fille à l'humeur lunatique, ce sont les petites bizarreries physiques dont elle a honte, et que lui juge ravissantes, comme les taches de son qui éclaboussent ses pommettes et son nez retroussé, la fossette qui se creuse à sa joue gauche dès qu'elle sourit, la discrète coquetterie qui confère à ses yeux vert tilleul un air de perpétuelle surprise, et ses mains et ses pieds, aussi petits et potelés que ceux d'une fillette.

Mais la fillette a dix-sept ans, et elle est délurée. Un après-midi d'été, tandis qu'elle est en visite chez les Schmalker et qu'elle se trouve seule un moment avec Adam dans le salon, elle se lève précipitamment de la chaise où elle était assise et vient se planter devant lui, adolescent de près de quinze ans d'autant plus gauche qu'il est dans la confusion du désir, et elle lui demande tout à trac : « Est-ce que je suis jolie ? Toi, dis-moi franchement comment tu me vois, jolie ou non ? » Il reste sans voix. Elle fait mine d'être vexée, et lui, incapable de répondre par un compliment, de proférer même la moindre parole ou de sourire, la saisit dans ses bras et l'embrasse sur la bouche. Au contact des lèvres tièdes, des seins si tendres contre sa poitrine, de ce corps tout en rondeurs et en fraîcheur, il sent soudain monter en lui un assaut aussi violent que celui qu'il avait subi avec délectation et stupeur un jour déjà lointain, au bord du lac de Constance, face au double embrasement du ciel et de l'eau au cours d'un orage. Son baiser et son étreinte sont aussi brefs que l'avait été l'éclair gigantesque ce jour-là, et leur effet est aussi fulgurant. Alors, avec la même brusquerie qu'il avait eue pour l'attirer contre lui, il la repousse et s'enfuit en courant du salon, rouge de honte, laissant Peggy interloquée.

Ce baiser volé va déclencher en lui, pendant des mois, une giboulée de rêves qui parfois le réveillent en sursaut au milieu de la nuit, le ventre mouillé de blanc laiteux. Dans chacun de ses rêves, il voit Peggy Bell s'avancer vers lui, tantôt rieuse, tantôt l'air courroucé, elle joue avec sa jupe dont les plis se balancent, se creusent, se tordent puis retombent, tout empesés et sages, pour mieux se remettre aussitôt en mouvement, en torsion. Le jeu dure plus ou moins longtemps, jusqu'à ce que Peggy attrape la jupe par l'ourlet et la relève d'un coup sec. La relève très haut, dénudant ses genoux, ses cuisses, son ventre. Elle ne porte pas de culotte, mais un petit soleil roux dont les rayons ondulent sur sa peau très blanche. Parfois le soleil tourne sur lui-même, parfois il se transforme en chardon orangé, ou en bogue

70

de châtaigne. Mais qu'y a-t-il dans la bogue, exactement ?

Erika se marie, et l'année suivante vient le tour d'Else, puis celui de Peggy Bell. Un autre que lui, Adam, un certain Timothy McLane, s'est donc arrogé le droit de percer le secret du corps de Peggy. Un autre qui n'est pas lui va faire main basse sur son ventre et ses seins, sur le petit soleil roux qui brûle entre ses cuisses. Un autre, un détrousseur, pas lui.

Le soir même des noces, Adam, mû par la rage et le dépit de savoir son rêve pillé, fait ce qu'il n'avait encore pas osé, et qu'il se croyait incapable d'oser – il aborde une prostituée. Ainsi, tandis que Peggy ôte sa robe blanche, quelque part dans une chambre de lune de miel, et s'apprête à offrir son corps vierge à son mari, Adam regarde une femme inconnue, aux cheveux teints, se déshabiller dans une chambre de passe avec des gestes routiniers, et exhiber devant lui son corps déjà fané. Elle se couche sur le lit et écarte les jambes. Et là, il en finit avec son pucelage, avec son rêve de soleil au feu doux comme une soie. Il en finit avec sa fausse candeur et son lot d'images naïves, mais pas avec la force du désir qui, au contraire, prend un élan nouveau, plus dru.

La maison des Schmalker, où il continue à revenir à chaque période de vacances, lui semble maintenant très vide, il y flotte un goût de fadeur depuis que le parfum et les rires des jeunes filles se sont éteints. De temps à autre, de faibles cris et des pleurs se font entendre, ce sont ceux de Myriam, la fille d'Erika, lorsque la jeune femme vient avec son bébé chez ses parents. C'est le premier nourrisson que voit Magnus, car s'il a aperçu dans son enfance beaucoup de morts, le long des routes de l'exode, jamais encore il n'avait vu un nouveau-né, et ce spectacle l'étonne. Myriam est un être minuscule, aux cheveux bruns collés sur la tête, aux yeux clos et bombés comme ceux d'un batracien, aux petits poings tenacement fermés, à la bouche goulue de lait et de plaintes. Il n'ose pas la prendre dans ses bras, sa fragilité l'effraie, son odeur lui répugne, ses piaulements l'agacent. Mais il se penche vers elle quand elle est couchée dans son couffin, et il la contemple longuement, troublé par cet étrange mélange de fraîcheur, de finesse et de délicatesse, et de laideur crapaudine, pathétique, quand le petit visage se crispe et se convulse sous l'effet de la faim ou de quelque contrariété – le visage d'un vieillard miniature, à peau diaphane et satinée, concentré sur une sagesse ancestrale, bien trop vaste pour sa pensée encore informe. Lui aussi, se dit-il, a été semblable à ce bébé, à un vieux sage couleur de nacre plein d'un savoir immémorial, tressaillant de douceur dans les bras de sa mère, de plénitude contre le sein de sa mère, de lumière dans le regard de sa mère, et buvant, de cette mère aujourd'hui morte, le lait, les sourires, les mots tendres, les caresses et l'odeur. Et il devine que cela ne peut avoir totalement disparu, que cet amour originel doit sommeiller tout au fond de sa chair - en des jours très anciens, ce lait l'a nourri, ces sourires l'ont apaisé, ces mots chantonnés l'ont éveillé au monde, ces caresses à son propre corps, et la clarté des yeux maternels à la beauté du jour. En d'autres jours, à venir au détour du temps, cet amour dormant dans la nuit de son cœur relèvera peut-être son visage d'aube pour enfin l'éclairer, l'aider à pardonner tous les crimes dont cette mère folle s'est rendue complice au cours de sa vie, par orgueil et tragique imbécillité. Peut-être.

Et il retient son souffle au bord de ce peut-être, devant le nourrisson lové dans le couffin, devant l'énigme de ce corps si menu, vulnérable, et cependant souverain, recueilli sur la rumeur de son propre sang où murmure encore toute la mémoire du monde, de l'univers.

Hannelore se comporte toujours avec lui en hôte prévenante, mais froide, Lothar en tuteur soucieux avant tout de la bonne instruction scolaire, morale et religieuse de son neveu. Mais de structuration affective, aucune. Ses sentiments sont en broussaille, il ne sait pas ce qu'il aime, ce qu'il veut ; il ne sait pas comment aimer. De temps à autre, quand il le peut, il va avec une prostituée, mais son cœur sonne le creux.

C'est cela : les Schmalker sont des tuteurs assumant le mieux possible leur tâche éducative. Car Adam le sent bien, il n'est qu'un greffon dans la famille de son oncle, un réfugié à la puissance deux sous le toit d'émigrés. Il n'est pas un fils, ne le sera jamais. Pire, il reste le rejeton d'un bourreau doublé d'un lâche, et d'une criminelle par complicité, sottise et vanité. Son impuissance à anéantir cette ascendance nauséeuse, ou au moins à réclamer des comptes à ces parents qu'il a aimés avec une innocence qu'il juge à présent coupable, se traduit en violente inimitié à l'égard de lui-même. Ce ressentiment le noue de l'intérieur, et au sortir de l'adolescence sculpte ses traits avec rudesse.

L'enfant chétif qu'il avait été du fait de ses années de pauvreté à Friedrichshafen devient, à dix-huit ans, un jeune homme de taille moyenne, aux épaules massives, au visage taillé à la serpe.

Ses cheveux ont foncé, ils prennent une teinte brou de noix à reflets cuivrés, et ses boucles, autrefois gracieuses, se font hirsutes. Son front est large et bombé, ses sourcils plantés en épais accents circonflexes, et le brun clair de ses yeux enfoncés dans l'ombre des orbites s'enfume et se mordore. Il a des pommettes hautes, le nez camus, des lèvres charnues dont la supérieure est légèrement saillante, et la mâchoire carrée. Rien de la joliesse de sa mère, rien de la prestance de son père du temps où ils étaient jeunes. Il y a en lui de l'ours et du bélier.

Notule

Ours : « Comme tous les grands fauves, l'ours fait partie des symboles de l'inconscient chtonien – lunaire et donc nocturne, il relève des paysages internes de la terre mère.

Plusieurs peuples le considèrent comme leur ancêtre. Il existait encore, il y a peu de temps, des cimetières d'ours en Sibérie.

Pour les Yakoutes de Sibérie, l'ours *entend tout, se rappelle tout et n'oublie rien.* Les Tatars de l'Altaï croient qu'*il entend par l'entremise de la terre*, et les Soïotes disent : *la terre est l'oreille de l'ours.*

En Europe, le souffle mystérieux de l'ours émane des cavernes. Il est donc une expression de l'obscurité, des ténèbres ; en alchimie, il correspond à la noirceur du premier état de la matière. L'obscurité, l'invisible étant liés à l'interdit, cela renforce sa fonction d'initiateur. »

Bélier : « Il est une représentation cosmique de la puissance animale du feu qui surgit, éclatant, explosif, au premier temps de la manifestation. Il s'agit d'un feu à la fois créateur et destructeur, aveugle et rebelle, chaotique et prolixe, généreux et sublime, qui, d'un point central, se diffuse dans toutes les directions. Cette force ignée s'assimile au jaillissement de la vitalité première, à l'élan primitif de la vie, avec ce qu'un tel processus initial a d'impulsion pure et de brute, de décharge irruptive, fulgurante, indomptable, de transport démesuré, de souffle embrasé. »

J. Chevalier et A. Gheerbrant,
Dictionnaire des symboles

Fragment 10

Comme il apprend les langues avec une grande facilité, et qu'il voue toujours une obscure passion à l'espagnol, il opte pour des études de linguistique romane. Outre l'espagnol, il étudie le portugais et le français à l'université. En fait, il est surtout doué d'une mémoire hors du commun pour l'avoir dressée avec vigilance depuis l'âge de six ans, en réaction et en défense à la perte de tous les souvenirs de sa prime enfance. Il mémorise d'emblée, et fermement, chaque mot nouveau qu'il lit ou entend ; il en va de même avec tout le visuel. Mais cet excès de mémoire, s'il lui est un atout pour ses études, lui est aussi un poids. Sa mémoire travaille sans répit, enregistre le moindre détail, ne lâche rien. Elle le tourmente même la nuit, rameutant dans ses rêves des images et des paroles à foison, avec une précision qui parfois le réveille en sursaut, tant cela est aigu. Il a alors l'impression que le temps se déchire, que le passé et le présent entrent en collision, s'encastrent l'un en l'autre, bouleversant l'ordre des événements. En lui cohabitent, intacts, insupportablement vivants, vivaces, tous les instants de sa vie depuis l'âge de six ans. Il lui est de la sorte impossible de faire le deuil de ses parents, de les tenir à distance – eux, et leurs mensonges, leur folie, leurs crimes. Et leurs méfaits le lestent de honte, de douleur, de colère, ils plombent son corps, ils écrouent sa jeunesse. Ils tiennent son cœur captif ; il est l'otage posthume de deux prédateurs auxquels la mort assure désormais une éternelle impunité, et donc une perpétuelle malfaisance à son égard. Qu'il y ait ou non un jugement dans l'au-delà n'est pas son affaire, c'est ici et maintenant, à la face du monde, que le fils mortifié voudrait faire rendre gorge à ses parents, particulièrement à son père.

A la fin de sa troisième année d'études, il part pour cinq semaines au Mexique. C'est son premier voyage depuis qu'il a émigré en Angleterre, et sa première échappée hors d'Europe. Il s'en va seul ; seul, à la rencontre d'un pays et d'une langue qu'il ne connaît encore que par les livres, et qui le taraudent d'un désir acerbe.

Quand il débarque dans ce pays, il a la sensation de découvrir enfin physiquement une personne dont il n'aurait qu'entendu la voix pendant des années. Il découvre le corps immense, rugueux, magnifique, de la langue qui fut le tombeau du pseudo-Felipe Gómez Herrera. Après dix jours passés à Mexico, il part pour l'État de Veracruz. Il ne sait pas ce qu'il vient chercher là, au juste, il ignore où repose son père, si même il a été enterré, ou incinéré, il ne connaît personne qui pourrait le renseigner sur les derniers moments du fugitif. Sa mère ne lui avait annoncé que le fait brut : la mort de Clemens Dunkeltal, suicidé, sans autres explications, après quoi elle s'était murée dans son désespoir, harassée de solitude à en mourir à petit feu à son tour. Alors il erre, dans la ville de Veracruz d'abord, dans ses faubourgs, dans le port et les chantiers maritimes. Parfois, il s'arrête au milieu d'un trottoir, observe les façades des maisons, se demandant si son père a vécu là, s'est caché là. Ou, déambulant le long des quais, il regarde les bateaux, dont l'un a peut-être transporté le fuyard, autrefois, il scrute l'eau sombre qui luit d'un éclat graisseux dans le port, où le salaud à bout de souffle et de ressources s'est peut-être jeté plutôt que d'affronter la justice. Il jongle tout le jour avec des suppositions, mais n'en retient aucune.

Un soir, tandis qu'il traîne de la sorte dans une avenue, il remarque une femme qui marche devant lui. Son pas est décidé, elle a des cheveux noirs tressés en une natte épaisse et longue, et des jambes splendides. Il en oublie un instant ses ruminations et la suit, pour le seul plaisir de contempler cette silhouette à la démarche de danseuse.

A un moment, la femme quitte le trottoir pour traverser, mais à peine s'est-elle engagée sur la chaussée qu'une voiture qu'elle n'a pas vue arriver fonce vers elle. Adam se précipite et parvient juste à temps à l'attraper par un bras et à la tirer en arrière. Le chauffard passe en trombe, indifférent à l'accident qu'il a failli provoquer. La femme est tout étourdie par la surprise et par le vrombissement de la voiture, Adam est essoufflé. Elle finit par lui dire, en anglais au fort accent américain : « Merci, je crois que vous venez de me sauver la vie... », puis elle se reprend et répète la même phrase en espagnol, en cherchant ses mots.

La belle passante s'appelle Mary Gleanerstones, elle vient de San Francisco et se trouve pour quelques jours à Veracruz où elle accompagne son mari en voyage d'affaires. Elle tient absolument à présenter Adam à son mari, Terence, qu'elle s'apprêtait à rejoindre à leur hôtel, et elle l'invite à dîner avec eux.

Les Gleanerstones sont plus âgés que lui. Mary, qui se fait surnommer May, a environ trente ans, et lui approche de la quarantaine ; ses cheveux châtain foncé sont tout à fait blancs sur les tempes, et cette blancheur en forme de petites ailes ondulées adoucit son visage aux traits irréguliers. Au cours de la soirée, Adam décèle chez Terence une finesse d'observation et une délicatesse d'écoute toujours en éveil derrière son air désinvolte et son humour, et chez May, un mélange de dureté et de passion, d'impatience et de volonté, de fierté et d'ironie. Son visage aux yeux sombres, au nez très droit, aux pommettes larges et écartées est épuré comme un masque de bois ocré. Elle doit son teint et ses traits à une aïeule indienne de la tribu des Omaha qui, dit-elle, s'est imposée après trois générations, éclipsant avec une tranquille insolence les autres sangs venus de Hongrie, d'Écosse et d'Ukraine mêlés dans sa descendante.

Adam écoute plus qu'il ne parle, impressionné par ce couple tellement plus mûr que lui, et surtout évoluant dans un monde si différent du sien ; un monde mouvant, ouvert, où tout paraît aisé : l'argent, les voyages, les relations, l'art de converser. Il les devine liés par une étroite complicité, mais plus fraternelle qu'amoureuse, ce qui donne à leur présence autant de simplicité que de générosité, et il se plaît en leur compagnie. Pour la première fois de son existence, il se sent en confiance. Cependant, il ne dit rien du vrai motif de sa venue à Veracruz, rien de son enfance allemande, il s'est présenté comme un étudiant anglais en vacances, et il élude toute question concernant sa famille.

A la fin du dîner, May fouille dans son sac à main et en sort un livre enveloppé dans une pochette en papier. « C'est un roman d'un auteur mexicain paru il y a deux ou trois ans, dont on m'a parlé avec enthousiasme, explique-t-elle. Je l'ai acheté aujourd'hui, mais mon niveau d'espagnol est bien plus faible que le vôtre, aussi je préfère vous offrir ce livre. Quand vous l'aurez lu, vous me direz s'il mérite vraiment que je fasse l'effort de me lancer dans le texte original, comme on me l'a conseillé. » Pour consolider ce prétexte à reprendre contact, Terence glisse dans la pochette sa carte de visite, après avoir écrit au dos les coordonnées de leur hôtel.

De retour dans sa chambre, Adam ouvre le livre. Il s'agit de *Pedro Páramo*, de Juan Rulfo. Comme il est déjà très tard et qu'il est fatigué, il se contente de feuilleter l'ouvrage et de piquer quelques phrases au hasard. Mais le roman de Juan Rulfo ne se laisse pas survoler distraitement, il éveille l'attention assoupie d'Adam, il la happe. Et il lit d'une traite l'histoire du personnage Juan

Preciado parti sur les traces de son père qu'il n'a jamais connu, un certain Pedro Páramo qui régna en petit despote dévoré d'ambition et de goût du pouvoir dans le village de Comala. Mais Comala n'est plus qu'un village perdu hors du temps et de la vie, chauffé à blanc sous un soleil de mort – « *on y est sur les braises de la terre, dans la gueule même de l'enfer* ». Car tout est mort à Comala, et le récit de Rulfo est une étrange polyphonie funèbre où des ombres entretissent leurs voix errantes et lancinantes.

Adam lit et relit le livre, jusqu'à l'épuisement. Il ne lit plus, il entre dans le livre, il marche dans les pages, dans les rues de Comala désert. Il marche dans les pas de Juan Preciado, le fils en quête de son géniteur dissous dans la poussière brûlante de Comala aux murs couleur d'os que frôlent des voix défuntes persistant à parler dans l'absence, à ressasser les souvenirs de leurs pauvres vies depuis longtemps en allées.

Il marche dans les pas de Juan Preciado, mais celui-ci est talonné par une cohorte de fantômes réduits à des échos, et ces fantômes vocaux résonnent dans sa tête.

Juan Preciado est son double, son guide dans les décombres de la mémoire, dans le labyrinthe de l'oubli. Et Pedro Páramo, odieux caudillo de province, homme brutal et hautain, est l'ombre portée de Clemens Dunkeltal dans Comala, village de nulle part, de partout, lieu insituable et obsédant. Village-ossuaire suintant de résonances, d'appels et de plaintes, village-mirage au carrefour des vivants et des morts, du réel et du rêve.

Séquence

« Vous verrez quand nous arriverons à Comala. On y est sur les braises de la terre, dans la gueule même de l'enfer. C'est au point que beaucoup de ceux qui y meurent, quand ils arrivent en enfer, reviennent chercher leur couverture... »

« Ce village est plein d'échos. Il semble qu'on les ait enfermés dans le creux des murs ou sous les pierres. Lorsque tu marches, tu les sens sur tes talons. Tu entends des craquements. Des rires. Des rires déjà très vieux, comme lassés de rire. Et des voix usées d'avoir trop servi. Tu entends tout ça. Je pense que le jour viendra où ces bruits s'éteindront. »

Juan Rulfo, *Pedro Páramo*.

Fragment 11

A peine le jour pointe-t-il, qu'Adam se met en route. Il sort de la ville, le livre au fond de sa poche. Il part pour Comala.

Il s'en va au hasard, vers l'ouest, s'éloigne de la côte. Il longe des champs de coton, il voit le ciel rosir au ras des vergers. Il marche dos au soleil, son ombre est encore pâle, incertaine.

Il arpente une terre inconnue, il pourchasse un fantôme – mais de qui, celui de Pedro Páramo, de Felipe Gómez Herrera, de Clemens Dunkeltal, de Thea, de lui-même ? Il ne sait plus. De toute façon, le fantôme fuit.

Il chemine vers Comala, vers nulle part, vers lui-même. Il avance à pas zigzagants, forcenés. Il est un pèlerin de colère venu tordre le cou au spectre paternel, et aussi bien à l'enfant niais qu'il fut et qui aimait ce père. Mais le fantôme se dérobe sans cesse, il le nargue, l'épuise, et sa colère s'acère et s'épure à mesure. Son ombre s'allonge, se fonce.

Il sait bien que sa chasse est absurde, vouée à l'échec, il ne désarme pas pour autant. Il sent qu'il se trame quelque chose, quelque chose d'indéfinissable, d'insensé et cependant puissant. Quelque chose entre lui et ce lieu, entre lui et ce moment en marge du temps. Et ce qui conspire en lui ébranle sa mémoire, la désamarre et peu à peu la fait tourner, puis le tournoiement s'accélère.

Des milliers d'images filent à rebours devant ses yeux, comme un mourant voit fulgurer tout son passé.

La chaleur est intense, il marche depuis des heures. Son ombre s'est rétrécie, condensée – une flaque noire au bout de ses chaussures. Il n'a pas dormi, rien mangé depuis la veille, ses forces le lâchent d'un coup. Il s'assied au bord d'un champ, sur un talus pelé. Le soleil tape aussi dru qu'il est haut perché. Il s'allonge sur le sol, pris de vertige.

Le voilà couché contre la terre, tout contre le corps de la langue-linceul du père, de la langue acide où dissoudre à jamais les résidus écœurants de l'amour qu'il a porté à ce père. Mais non, l'espagnol n'est pas la langue de cette terre, elle n'est pas originelle, elle est venue s'y plaquer il y a juste une poignée de siècles, par la violence des armes. Une langue plus ancienne gémit sous les pierres, la poussière. La langue des vaincus, demeurée coriace, rebelle.

Et lentement, une autre rumeur encore se fait entendre. Cela sourd de partout alentour, de la terre et de l'air, des cailloux et des herbes. C'est un chant abrupt et lancinant, qui bientôt enfle, se dilate, trépide.

Le chant assaille le corps rompu du chasseur de chimères. C'est le chœur des insectes dans la chaleur vibrante de midi, voix multiple, monotone et vorace. L'air brûlant crisse, grésille, le sol émet de menues stridulations, des fredons sourds. Les insectes brodent de leurs petites voix têtues le silence de la terre recrue de soleil, ils vaquent à leur destin minuscule, à fleur de vide, ils rayent l'heure incandescente de stries vocales comme pour laisser une trace de leur présence dont nul n'a souci, se prouver qu'ils existent, et jouir le plus bruyamment possible de leur passage si éphémère en ce monde. Chant d'ivresse, de désolation et de pugnacité. Chant des vivants, bêtes et hommes.

Et soudain, ce qui complotait tout à l'heure dans sa tête enfiévrée, tandis qu'il titubait sous le soleil, explose dans son corps étendu sur le sol, criblé de cris d'insectes – une crue de visions sonores déferle en lui. Mais son père ne figure dans aucune d'elles, le sursaut de mémoire qui lui vient monte d'ailleurs, de plus loin, c'est une lame de fond s'élançant du cœur de la nuit où il est mort, lui, Adam Schmalker, avant qu'il ne se fasse appeler ainsi, et avant même qu'il ne se nomme Franz-Georg Dunkeltal.

Avant, éperdument avant.

Avant, au vif de l'instant présent.

Il entend le mugissement d'un orgue colossal, d'assourdissants coups de cymbales, le vrombissement de millions de tambours. Un orchestre fou joue dans le ciel, il joue avec des instruments d'acier, de feu. Son tumulte s'engouffre jusque dessous la terre, qui tremble et hurle.

C'est un chœur discordant d'hommes et de femmes de tous âges, d'enfants, de nourrissons, de chiens, qui hurle ainsi en répons au fracas de l'orchestre, et ce chœur qui se tenait blotti, compact sous la terre, se disperse subitement dans une bousculade éperdue. Sa clameur se répand au-dehors, elle court au ras de la terre, se déchire. Il est un des lambeaux de cette clameur pulvérisée, il court en criant et pleurant.

Il voit le ciel se déflagrer, se rompre comme une digue et des torrents de lave noire, de météorites rutilants, d'éclairs blanc soufré jaillir d'entre les brèches. L'orchestre fou joue du feu à outrance.

Il voit des humains et des bêtes se transmuer en torches vives, d'autres se fondre à l'asphalte liquéfié qui clapote dans les rues éventrées, d'autres encore être déchiquetés.

Il voit des arbres s'élancer à l'oblique, énormes javelots échevelés de flammes qui se fichent dans les façades des maisons tandis que giclent les vitres, volent les cheminées, les tuiles, les poutres.

Il voit l'eau s'embraser, dans le port, les canaux, les rivières, les bassins, les caniveaux. Partout l'eau prend feu et s'évapore en chuintant ; elle s'enflamme jusque dans les larmes sur les visages des égarés, des mourants.

Il sent l'âcre pestilence des chairs brûlées, la fadeur nauséeuse des chairs bouillies, la puanteur du sang et des viscères. Les pierres, les pavés, les charpentes ne sont plus que sable noir, gravier, bouts de charbon.

Il voit des torsades d'un jaune cru, des coulées vermeilles, des éclaboussures d'un orange aveuglant tomber du ciel, lacérer la nuit. Une orgie de couleurs à la fois visqueuses et limpides. De gigantesques crachats d'or et d'écarlate pour couronner la ville défunte.

Il entend tonner les crachats de couleurs, et soudain, parmi les pantins disloqués qui courent en tous sens, il voit une femme se couvrir de flammèches safran des cheveux jusqu'aux pieds, danser une valse solitaire, frénétique, en poussant des cris suraigus. Il la voit s'écrouler, se tordre encore quelques secondes et...

Et – plus rien.

Il ne sait plus, ne voit ni n'entend plus rien, plus rien que cette femme-flambeau qui se réduit à un tas informe, d'un noir rougeoyant qui fume et qui pue. Sa mère ? Une fée, une sorcière, un tronc d'arbre, un ange foudroyé ? Une inconnue ?

Il la regarde, la regarde se consumer, se calciner. Il la regarde, yeux grands ouverts, s'effacer de sa vue, s'effacer de sa vie. Yeux grands ouverts, grands aveugles, il la regarde, la regarde...

Notule

« La *gueule* de l'enfer est l'orifice par lequel est
englouti le genre humain – et l'on reconnaît dès
lors le thème célèbre de la descente aux Enfers.
Elle est aussi l'endroit d'où sortent les voix [...]
L'écho est une forme sonore qui s'inscrit dans le
temps et se produit dans certains milieux propi-
ces à la réflexion d'un son originel. [...] Le futur
de l'écho est un mur, un butoir, une condamna-
tion ; l'écho percute quelque chose qui le renvoie
vers le passé. L'écho est un son mobile, mais qui
va à rebours, sans espoir de jamais devenir autre,
différent ; l'usure est son *fatum*. »

Fabienne Bradu, *Échos de Páramo*.

Fragment 1

Hambourg, à l'heure de Gomorrhe.

L'opération de destruction s'est appliquée à se montrer à la hauteur de ce titre de désastre. Elle a fait surgir dans la tiédeur d'une nuit d'été un opéra monstrueux aux actes si précipités qu'ils ne se distinguaient pas les uns des autres.

« YHWH fit pleuvoir sur Sodome et Gomorrhe du soufre et du feu venant de YHWY, du ciel. Et il renversa ces villes et toute la Plaine avec tous les habitants des villes et la végétation du sol. »

Parmi les habitants, il y a un petit garçon de cinq ans et demi, il dort, recroquevillé autour de son ours en peluche, dans une cave bondée de gens. Mais les caves sont des abris dérisoires, des pièges à rats quand tout s'effondre par-dessus, et les rescapés se ruent hors de l'antre jonché de corps broyés. Ils s'enfuient dans les rues que ne bordent plus que des chicots de murs fumants, ils courent, hagards et hurlants, renflouer le vacarme de Gomorrhe où des cris n'en finissent pas de jaillir ici et là, de se taire brusquement, de reprendre ailleurs, autres et cependant toujours semblables.

Le petit garçon arraché à son sommeil court sans rien comprendre et mêle ses pleurs au grand vacarme ambiant ; ses pleurs se font sanglots quand la main qui tenait la sienne le lâche soudainement. Il est seul dans la foule, si seul dans son cauchemar. Car il dort encore, il dort debout, en courant et criant. Mais ses pleurs cessent d'un coup quand il voit la femme qui lui tenait la main se mettre à valser dans la boue, les gravats, avec un gros oiseau de feu accroché à ses reins. Le rapace déploie ses ailes lumineuses et en enveloppe la femme, des cheveux aux talons. Devant ce rapt d'une vélocité prodigieuse, d'une beauté féroce, le petit garçon avale sa salive comme un caillou, et avec, tous les mots qu'il connaissait, tous les noms.

Hambourg, instant néant.

« Abraham jeta son regard sur Sodome, sur Gomorrhe et sur toute la Plaine, et voici qu'il vit la fumée monter du pays comme la fumée d'une fournaise. »

L'enfant n'est pas Abraham, juste un tout petit garçon qui serre très fort son ours en peluche contre sa poitrine, et son regard se brise. Il meurt tout vif, là, face à la fournaise, il meurt à sa mémoire, à sa langue, à son nom. Son esprit se pétrifie, son cœur se condense en un bloc de sel.

En contrepoint des déflagrations célestes et des vociférations de la ville fracassée, il entend le bruit très sourd de son cœur salin battre dans le corps en tissu de l'ours dont le museau s'écrase contre sa gorge et les yeux en boutons-d'or se pressent contre son cou. La chaleur tout autour est suffocante, l'air saturé de poussières suiffeuses et de gaz, seuls les yeux de la peluche semblent avoir sauvegardé une fraîcheur, une douceur miraculeuses.

Hambourg, instant zéro.

« Or la femme de Lot regarda en arrière, et elle devint une colonne de sel. »

En ce trou temporel, un petit garçon, sitôt mort, est remis brutalement au monde, jeté tout nu dans un cratère du monde. Il ne sait plus rien de lui-même, il confond son corps et celui de l'ourson aux yeux de renoncules. Il ne sait plus rien de l'humanité, il confond la voix humaine et le fracas des explosions, des avalanches de pierres, de poutres et de métal, de la forêt de flammes en marche houleuse à travers la ville rasée, des vagissements des mourants et des hurlements des survivants frappés de démence. Il ne sait plus rien de sa langue, les mots ne sont plus que des sons foulés en vrac dans le pressoir-fournaise de la guerre. Il en coule un jus gluant, empestant le sang et la chair carbonisée, le soufre, le gaz, la fumée. Un jus graisseux et noir fileté d'étincelantes saignées jaunes et écarlates.

Hambourg, à l'aube suivant Gomorrhe.

L'enfant renouveau-né, accouché seul dans les ruines, accouché par la guerre, confond la beauté et l'horreur, la folie et la vie, le grand guignol et la mort. Il part, comme un ballot poussé par le vent, emporté dans le flot du troupeau des survivants fuyant la belle ville baignée d'eaux châtiée pour les crimes commis par le Reich.

Quand les gens se soucient enfin de ce gamin somnambule, à l'évidence perdu ou orphelin, celui-ci ne peut répondre à aucune question qu'on lui pose. On le croit sourd, ou bien idiot. Quelqu'un a l'idée de dénouer le mouchoir roussi que son ours porte autour du cou. Un nom y est brodé en fils de coton multicolore : Magnus. Est-ce le nom de l'ourson, celui du père de l'enfant, ou de l'enfant lui-même ? Faute de mieux, on surnomme ainsi le petit sourd-muet. Avec ce nom d'emprunt, il est placé dans un centre, en compagnie d'autres enfants à l'abandon, dans l'attente de familles d'accueil ou d'adoption.

Après Gomorrhe, au seuil de la lande, aux marches de l'enfer.

Une femme se présente dans le centre, elle passe les enfants en revue. Une femme encore jeune, élégante, mais le visage durci par un deuil récent. L'histoire de ce petit garçon, non pas sourd-muet mais vierge de tout souvenir, l'intéresse. Elle l'observe longuement, le trouve joli, placide, et le devine intelligent. C'est un garçonnet bouclé, aux yeux noisette, au crâne en parfaite conformité avec les normes aryennes, au sexe non circoncis. Sain de corps et de race ; quant à l'esprit, il est nu, page gommée prête à être réécrite. La femme se chargera de la blanchir à fond avant d'y écrire à sa guise, elle dispose d'un texte de rechange. Un texte de revanche sur la mort.

Notules

« Au cœur de l'été 1943, durant une longue période de canicule, la Royal Air Force, soutenue par la 8ᵉ flotte américaine, effectua une série de raids sur Hambourg. Le but de l'opération baptisée "Gomorrah" était d'anéantir la ville en la réduisant entièrement en cendres. Au cours du raid qui eut lieu dans la nuit du 28 juillet et débuta à une heure du matin, dix mille tonnes de bombes explosives et incendiaires furent larguées sur la zone densément peuplée de la rive est de l'Elbe... »

W.G. Sebald, *De la destruction comme élément de l'histoire naturelle.*

« Si l'on aime les records, si l'on veut devenir expert en ruines, si l'on veut voir non pas une ville de ruines mais un paysage de ruines, plus désolé qu'un désert, plus sauvage qu'une montagne et aussi fantastique qu'un rêve angoissé, il

n'y a peut-être, malgré tout, qu'une ville allemande qui soit à la hauteur : Hambourg. [...]
Toutes les formes géométriques sont repré-
sentées dans cette variante de Guernica et de
Coventry... »

Stig Dagerman, *Automne allemand.*

Fragment 12

Le jeune homme découvert inanimé en bordure d'un champ de coton, victime d'une insolation, a été transporté dans un hôpital à Veracruz. Pendant deux jours, la fièvre le tient dans un brasier, chair et esprit. Il transpire, il s'agite, il délire. Mais sous ses paupières meurtries par le soleil, son regard est fixe, mis en arrêt devant une image, celle de la masse noire qu'est devenue la femme après avoir tournoyé, le dos ailé de flammes. Il voudrait voir son visage de vivante, celui qu'elle avait encore dans la cave, dans la rue en ruines, juste avant la valse. Il voudrait remonter le cours des images, mais sa mémoire s'y refuse, elle bute sur ce corps carbonisé, s'y brise, s'y écorche. Et s'y exaspère.

Quand, enfin, à force de tension, sa mémoire se remet en mouvement, c'est pour glisser en sens inverse, en aval. Il voit se lever de la masse noirâtre gisant dans la boue et les cendres une autre femme, une inconnue vêtue d'un tailleur noir, la bouche peinte en rouge, les oreilles diamantées. Elle s'avance vers lui, avec son sourire rouge, ses yeux brillants, et des fleurs de givre scintillant aux oreilles. Elle se penche vers lui, elle sent bon ; elle lui caresse la tête, gazouille des mots qu'il ne comprend pas mais qui bruissent comme un feuillage, puis elle le prend doucement par la main et l'emmène. Il la suit, petit robot docile, mais lorsque la femme tente de lui ôter l'ours en peluche qu'il étreint sous un bras, il se sauve en poussant des cris perçants. Elle doit se résigner à lui laisser ce vilain résidu de son passé, dont elle compte se débarrasser dès qu'elle aura apprivoisé l'enfant.

« Magnus... », dit-il, et sur ce nom, qu'il répète plusieurs fois d'une voix affaiblie, il rouvre enfin les yeux. Sa fièvre est tombée, et lentement il reprend conscience. Il voit une femme assise à son chevet. Sur le moment, il ne la reconnaît pas, elle n'était pas dans ses visions. C'est May Gleanerstones.

Quand le malade est arrivé à l'hôpital, on n'a trouvé sur lui que le roman de Juan Rulfo et la carte de visite de Terence Gleanerstones, aucun autre papier. Alors on a téléphoné à l'hôtel dont le numéro figurait sur la carte, et les Gleanerstones sont venus aussitôt, mais ils n'ont pu donner que peu d'informations, ils ne connaissaient que le prénom du jeune homme, et n'étaient pas sûrs d'avoir correctement retenu son patronyme.

Ils ont été troublés d'entendre cet étudiant anglais parler en allemand sous l'emprise de la fièvre ; il leur a aussi semblé qu'il proférait parfois des phrases dans une autre langue encore, mais qu'ils ont été incapables d'identifier.

Le livre neuf que May lui avait offert était déjà tout défraîchi, on voyait à ses pages cornées, froissées par endroits, qu'il avait été manipulé sans précaution, lu et relu avec avidité. Elle n'a plus hésité à se lancer à son tour dans la lecture du roman, la curiosité aiguisant sa connaissance imparfaite de l'espagnol. Le récit l'a déconcertée, tous les personnages n'étant que des âmes en souffrance ballottées dans le vide, entretissant des lambeaux de dialogues, une farandole d'échos échappés d'outre-tombe et errant à la façon de feux follets dans la longue nuit blanche de Comala. Est-ce ainsi que nous parlent les morts ? s'est-elle alors demandé. Terence a répondu obliquement, disant qu'ainsi parle notre mémoire, en un ressassement continu, mais si bas, si confus, comme celui du sang dans nos veines, qu'on ne l'entend pas. On l'entend d'autant moins qu'on ne l'écoute pas. Mais il y a des livres écrits de telle sorte que, parfois, ils font sur certains lecteurs un effet semblable à celui de ces gros coquillages que l'on presse contre son oreille, et soudain on entend la rumeur de son sang mugir en sourdine dans la conque. Le bruit de l'océan, le bruit du vent, le bruit de notre propre cœur. Un bruissement de limbes. Adam a lu ce livre, qui à d'autres ne raconte qu'une histoire étrange, confuse, dont ils ne franchissent pas le seuil, et le livre se sera posé contre son oreille ; un livre en creux, en douve, en abîme, où une nuée d'échos se sera mise à chuchoter.

Terence est rentré à San Francisco pour ses affaires, sans pouvoir attendre le réveil du jeune homme. May est restée, se sentant solidaire de cet étranger gisant dans une chambre d'hôpital ; un drôle de garçon, tout de même, il lui sauve la vie, et le lendemain il met la sienne en péril en marchant droit devant lui, tête nue au soleil, pour avoir lu un livre jusqu'à l'enivrement. Or ce livre, c'est elle qui lui a donné, elle se sent donc aussi un peu responsable. Elle est surtout très intriguée par ce jeune Anglais si réservé lors du dîner qu'ils ont partagé, et qui parle, crie dans d'autres langues sous l'effet de la fièvre. Enfin, ce qu'elle n'ose pas vraiment s'avouer, elle est plus séduite encore par ce jeune homme qu'elle voit se débattre avec ses démons dans un lit, les cheveux trempés de sueur, et respirant au bord du râle, comme dans l'amour. Et elle désire prendre la place des démons de la fièvre, se coucher avec lui dans un lit, sentir son odeur sur sa peau et tout le poids de son corps sur le sien, l'entendre perdre souffle dans son cou.

« Magnus ?... Qui est Magnus ? » demande May penchée vers Adam. « C'est moi », dit-il. « Et Adam ? Qu'est-il devenu ? Est-il resté à Comala ? » poursuit-elle, devinant que le jeune homme s'est perdu dans le livre, mais ne sachant pas trop s'il divague toujours ou parle sensément. « Puisque vous avez lu le roman, vous savez que Juan Preciado en fait est déjà mort quand l'histoire commence. Eh bien, moi aussi j'étais mort, à ma manière. Adam Schmalker était un leurre, il est normal qu'il se soit écroulé au bord d'un talus, dissipé par le soleil. Cela n'avait que trop duré. » Cette réponse la laisse perplexe car elle n'est pas certaine d'en suivre la logique biscornue, mais elle ne doute plus que le jeune homme, décidément déconcertant, ait toute sa raison, et même qu'il ait affûté sa lucidité dans les méandres de la fièvre. « J'ai l'impression bizarre de comprendre et de ne rien comprendre à la fois à ce qui vous arrive, finit-elle par dire. Quand vous serez tout à fait rétabli, j'aimerais que vous m'expliquiez – qui vous êtes. » Il sourit, d'un air las, amer, car lui aussi, lui plus que quiconque, aimerait savoir qui il est exactement. Pour l'heure, il sait seulement qui il n'est pas, qui il

n'aura jamais été et ne croira plus jamais être :
le fils des Dunkeltal. Une délivrance. Mais il se
sent un défroqué – de son nom d'emprunt, de
sa fausse filiation –, avec, pour toute identité de
remplacement, le nom d'un ours en peluche. Un
nom que, faute de mieux, comme dans le passé,
il se réapproprie.

Magnus. Alias Magnus. Sous ce vocable fantaisiste, il décide d'entrer enfin dans l'âge
d'homme.

Séquence

« – Ma mère, dis-je, ma mère est morte.

– Alors, c'est pour ça que sa voix était si faible, comme si elle avait dû franchir une très longue distance pour arriver jusqu'ici. Maintenant, je comprends. Elle est morte ? Depuis quand ? »

« – Eh oui, j'ai failli être ta mère. Elle ne t'a jamais rien dit de ça ? »

Juan Rulfo, *Pedro Páramo.*

Fragment 13

Le corps de Magnus, l'odeur de sa peau, le goût de ses lèvres, la basse rauque de son râle dans la montée du plaisir, May en a bientôt la jouissance. De ce jeune amant de onze ans son cadet, elle tombe redoutablement amoureuse. Ce qu'elle redoute, c'est leur différence d'âge, et qu'il ne se détourne d'elle un jour pour s'intéresser à de plus jeunes femmes, mais surtout, c'est la force de l'attrait qu'elle éprouve pour lui, le désir insatiable, et jaloux, qu'elle a de lui. Elle se sent liée par ce désir en excès, captive de cet amour inattendu, d'emblée souverain. Elle s'est toujours voulue forte, affranchie de toute contrainte ; elle a eu beaucoup d'amants, depuis le jour de son mariage avec Terence, à l'âge de dix-huit ans, mais aucun ne l'a conquise de la sorte, elle a su à chaque fois demeurer maîtresse du jeu. Mais là, elle rend les armes. Il lui reste cependant assez d'orgueil et de ruse pour ne pas trahir devant Magnus l'état de dépendance auquel il vient de l'assigner sans le savoir. Elle met tout en œuvre pour le garder avec grâce et gaieté sous son charme.

Magnus en effet ne soupçonne pas combien May guerroie avec la passion qu'il a suscitée, et lui-même ne donne pas toute liberté à ses propres sentiments amoureux car il ne peut guère envisager une liaison durable, les Gleanerstones lui paraissant former un couple trop solidement soudé pour pouvoir laisser de l'espace, qui ne soit pas en trompe-l'œil et trompe-cœur, à un tiers. Mais cette crainte n'a pas lieu d'être puisque Terence n'est qu'officiellement le mari de May. Il est un époux très chaste, lui explique-t-elle en riant, et très accommodant, parce qu'il préfère les hommes et n'a d'amours qu'avec eux. Leur mariage est un contrat qui satisfait chacun depuis le premier jour. Un contrat tout en souplesse, fondé sur le respect et la tendresse, fortifié au fil des années par une profonde complicité. Terence et May sont cousins, ce mariage a offert à l'un un fard de respectabilité exigée par son milieu social, à l'autre une échappée belle hors du carcan familial et une liberté dont elle rêvait depuis l'enfance. S'ils restent discrets sur leurs aventures amoureuses sans lendemain, chacun présente toujours à l'autre son nouvel amant dès que celui-ci prend quelque importance ; si l'amant en question inspire à l'autre personne du couple de l'amitié, la relation se passe au mieux, sinon, elle se vit en retrait et se dénoue à son heure sans nuire à leur entente. Depuis deux ans, Terence a un compagnon, Scott, dont il est très épris et que May apprécie beaucoup. Elle raconte cela avec simplicité, comme si une telle relation de couple allait de soi. Et Magnus, sur le coup un peu déconcerté, trouve bientôt sa place, en toute plénitude, dans ce couple à la fois uni et dédoublé.

Il rentre à Londres, et May l'accompagne. Une occasion pour elle de revoir cette ville et de rendre visite à des amis qu'elle a là-bas. Elle tient surtout à rester à proximité de Magnus, anxieuse de savoir comment vont se dérouler ses retrouvailles avec cet oncle et cette tante qu'il sait à présent n'être pas les siens, quelles explications ils donneront, et enfin quelle décision il prendra à l'issue de cette confrontation. Elle lui a proposé de venir vivre à San Francisco, mais sans oser insister sur cette proposition.

Le soir même de son retour chez les Schmalker, Magnus questionne Lothar. « Pourquoi m'avez-vous fait croire que j'étais votre neveu, et donc le fils de ces gens-là qui m'étaient une plaie ? Pourquoi m'avez-vous enfermé dans cette mystification ? Pourquoi m'avoir menti, tout ce temps ? » Lothar pourrait nier, feindre l'incompréhension devant les questions accusatrices du jeune homme qui exige de se faire dorénavant appeler Magnus. Il pourrait s'abriter derrière le fait qu'il avait rompu tout contact avec sa sœur à l'époque où l'enfant a dû naître et qu'il vivait en exil quand elle l'a adopté, si tel a été vraiment le cas. Il pourrait prétendre n'avoir rien su, ou retourner le procès que lui intente son accusateur en lui demandant d'où il tire cette soudaine certitude de n'être pas le fils de Thea et de Clemens Dunkeltal, qui lui a révélé ce prétendu secret, quelles preuves a-t-il ? Mais il ne le fait pas, car il ne le veut pas. L'instant qu'il attendait, mais repoussait sans cesse tant il l'appréhendait, vient brutalement d'arriver. L'instant de sortir enfin d'un long mensonge par excès de discrétion.

Oui, il savait. Il savait depuis longtemps que sa sœur était stérile, aucun traitement n'avait réussi à la rendre féconde. Ses jeunes frères lui avaient tenu lieu de fils. C'est après leur mort que l'idée d'adopter un enfant avait pris force en elle ; force et rage. Quand l'occasion s'est présentée, elle l'a saisie, défiant pour la première fois son mari qui, lui, ne désirait nullement recueillir un enfant inconnu. Il en éprouvait d'autant moins le désir qu'il venait d'avoir un fils, illégitime, certes, mais bien de lui. Dans quelle mesure Thea avait-elle eu connaissance de l'infidélité de Clemens, ça, Lothar l'ignorait. Elle avait toujours déployé tant d'énergie pour nier tout ce qui pouvait la blesser, contrarier sa vision exaltée du monde, qu'elle s'était peut-être là encore aveuglée à loisir.

Mais l'histoire de cette adoption, précise Lothar, il ne l'a apprise qu'à retardement, quand sa sœur, après presque une quinzaine d'années de rupture, lui a écrit pour lui demander de venir à Friedrichshafen. Elle savait qu'elle n'avait plus beaucoup de temps à vivre, et elle se souciait de son fils. Car, malgré tout, elle le considérait comme tel, et elle l'avait aimé. Mais elle n'avait personne à qui confier cet enfant, ses proches étaient morts, ses amis dispersés, et elle avait achevé de faire le vide autour d'elle. Alors elle s'est souvenue de son frère aîné, celui qu'elle avait insulté quand il s'était opposé au régime, méprisé quand il avait épousé une fille d'origine juive, puis traité de traître quand il avait émigré dans un pays ennemi. Mais ce n'était pas seulement parce qu'elle n'avait personne d'autre vers qui se tourner, qu'elle l'avait appelé, c'était parce qu'elle ne doutait pas qu'il répondrait à son appel. Qu'il y répondrait sur-le-champ, et assumerait sans faillir la mission dont elle voulait le charger. En amont de son animosité à l'égard de Lothar, sa confiance en lui était demeurée intacte, et à l'approche de la mort, cet amont avait refait surface. Quant à la nécessité de révéler ou non la vérité à l'enfant, elle avait laissé Lothar en juger. Même de ce mensonge-là, qu'elle avait pourtant bâti avec minutie et opiniâtreté, sur lequel elle avait jalousement veillé, elle s'était déprise. Déprise de tout, de l'envie de lutter, du goût de vivre, de la force d'aimer autant que de haïr. Elle n'attendait plus rien, ni pardon ni pitié de qui que ce soit, elle n'espérait plus rien, elle ne croyait en rien. Elle était descendue dans les bas-fonds du vide, et s'apprêtait à mourir en toute indifférence à elle-même. Un passage au néant, voilà tout. Seul l'avenir de ce fils adoptif dont elle ignorait l'origine, sinon qu'il était rescapé d'une ville bombardée, lui importait encore, et seul le frère qu'elle avait violemment rejeté lui paraissait digne de confiance. De bout en bout de son existence, Thea avait vécu dans un mélange de paradoxes et de certitudes aussi définitives que hasardeuses, sans jamais se remettre en question.

Lothar était donc libre de dire la vérité à l'enfant, cependant il ne l'avait pas fait, n'ayant jamais jugé le moment opportun. Et cette vérité – qui de toute façon était tronquée, puisque personne ne connaissait la véritable identité de l'enfant –, il n'en avait soufflé mot à quiconque, pas même à sa femme Hannelore ou à ses filles, de peur de plomber encore davantage la tromperie en la partageant avec d'autres à l'insu de l'intéressé. Il demande d'ailleurs au jeune homme comment il a découvert ce secret, qui a bien pu lui parler, que s'est-il passé au Mexique ? Mais Magnus ne peut rien expliquer ; comment dire, sans passer pour un illuminé : « C'est la terre qui me l'a dit. La terre, les insectes, le soleil » ? Il répond juste : « Je le sais, voilà tout. »

Voilà tout, en effet, ce qu'il sait. L'aveu qu'il a reçu demeure incomplet, seul le mensonge de sa maladie d'enfance et de sa filiation truquée a été éventé, et confirmé, mais il ignore toujours, plus que jamais même, qui il est, d'où il vient. Il extirpe l'ours en peluche du placard où il l'avait rangé, enveloppé dans un tissu. Il le démaillote et le pose sur ses genoux. Il remarque alors que le mouchoir dont il lui avait bandé les yeux en diamants est tout mouillé ; il dénoue le mouchoir et découvre que les diamants ont perdu tout leur éclat, une croûte rêche et grisâtre les recouvre. Cette croûte suppure d'humidité, comme une tache de salpêtre formée sur la paroi d'une grotte. Il arrache les yeux voilés par cette taie de larmes grises, les fourre dans sa poche, et recoud à leur place les petites renoncules. L'ourson reprend son ancienne apparence, son air doucement ébahi. Mais il ne livre aucune nouvelle révélation à celui qu'il a autrefois protégé et si longtemps accompagné, il ne lui redonne que le nom qu'il portait noué autour du cou, et dont les lettres en fil de coton ont perdu toute couleur sous l'acidité des larmes de diamant.

Magnus a vingt ans (mais quand est-il né, précisément, et où ?), et un quart de son âge est dissous dans l'oubli, tout le reste souillé par une longue imposture.

Il a vingt ans, et il est un inconnu à lui-même, un jeune homme anonyme surchargé de mémoire à laquelle cependant il manque l'essentiel – la souche. Un jeune homme fou de mémoire et d'oubli, et qui jongle avec ses incertitudes à travers plusieurs langues, dont aucune, peut-être, n'est sa langue maternelle.

Il annonce à Lothar et à Hannelore sa décision de quitter l'Angleterre pour partir vivre aux États-Unis. La veille de son départ, il va sur les berges de la Tamise, et jette dans l'eau les diamants aveugles. Le mouchoir, il l'a lavé, ce n'est plus qu'un carré de coton plus mince qu'une feuille de papier, d'un blanc jauni, translucide. Il l'a renoué autour du cou de la peluche.

Écho

« *Ma mère... ma mère est morte... sa voix... si faible... avait dû franchir une très longue distance pour arriver jusqu'ici... jusqu'ici... ici... ci...*

Maintenant, je comprends... Elle est morte ?... Depuis quand ?... depuis quand ?... quand ?... »

Fragment 14

Ici commence l'histoire de Magnus. Ici, quelque part entre San Francisco, New York, Montréal, Los Angeles et Vancouver, et encore bien d'autres villes. May Gleanerstones est une chasseuse de spectacles, elle travaille comme critique pour plusieurs magazines et journaux, et se tient toujours prête à parcourir des milliers de kilomètres pour découvrir de nouvelles créations. Magnus l'accompagne souvent dans ses déplacements. Terence est marchand d'art et voyage aussi fréquemment.

Avec Scott, ils forment une famille quaternaire unie par des liens obliques qui se croisent sans se confondre, se soutiennent mutuellement sans peser, et où l'amour se décline sur le mode du désir et celui de l'amitié.

Magnus s'adapte vite à cette nouvelle existence en mouvement continuel. May est la figure de proue d'un bateau franc qui prend le large quand bon lui semble et tangue avec souplesse dans l'air du temps. Grâce à elle, il rompt enfin avec ses fantômes, perd de vue son passé. Désormais l'horizon s'ouvre devant lui, non plus derrière ainsi qu'un trou noir. Mais comme il répugne autant que May à toute dépendance, à commencer sur le plan matériel, il se lance dans la traduction. Il traduit des articles pour des revues d'art, des ouvrages techniques, des essais. Son travail est aléatoire, mais il s'en accommode car il lui octroie une grande mobilité.

Par trois fois cependant ses fantômes refont intrusion dans sa vie. La première, peu de temps après son installation à San Francisco ; un soir, alors qu'il dîne dans un restaurant en compagnie des Gleanerstones et de Scott, Terence interrompt soudain la discussion et dit à voix basse à l'adresse de May et de Magnus : « Écoutez ces gens à la table derrière nous, écoutez bien... » Ils tendent l'oreille, et Scott également, par mimétisme. Les convives attablés derrière eux parlent dans une langue à la sonorité rude. Magnus hausse légèrement les épaules en signe d'incompréhension, May fronce les sourcils, très concentrée. « Cela me rappelle vaguement quelque chose, mais quoi ?... » Terence l'aide en lui suggérant : « Comala ? » May confirme aussitôt : « Bien sûr, Comala ! » Puis, se tournant vers Magnus, elle dit : « Cela ressemble à la langue que tu as parlée par moments dans ton délire à l'hôpital de Veracruz... ces phrases qui n'étaient pas en allemand, et dont personne ne connaissait l'origine... » Magnus n'a aucun souvenir de ces phrases qu'il aurait proférées, seule la vision de la nuit fatale à Hambourg s'est gravée dans sa mémoire – image éruptive qui a jeté une lumière neuve sur sa vie, mais aussi image aveuglante contre laquelle tout son passé le plus ancien persiste à venir buter en vain. Scott, qui se sent exclu de ce jeu de remembrance, trouve le moyen d'y participer ; il se lève et va demander aux touristes de quel pays ils sont originaires. Il revient à sa table, s'assied, et transforme le jeu en devinette. Aucune supposition émise par ses amis n'est la bonne, alors il leur donne enfin la réponse : « Islande ! Magnus serait donc un Islandais clandestin... », annonce-t-il, et, fier du mot qu'il vient de soutirer aux Islandais, il lève son verre en direction de Magnus en le saluant d'un sonore : « Skàl ! » Mais, à la surprise des Gleanerstones et de Scott, Magnus ne manifeste ni émotion ni curiosité devant cette révélation qu'il juge fantaisiste, et il s'empresse de changer le sujet de leur conversation. Il n'a plus pour l'instant envie de se tourner en arrière, de recommencer à fouiller dans les décombres, de s'épuiser à fureter dans d'obscurs labyrinthes ; il est heureux là où il est et ne veut plus désormais que vivre dans le présent.

Les fois suivantes, ses fantômes reviennent par des voies moins hasardeuses, convoqués par l'actualité ; cela se passe coup sur coup en 1961, à l'occasion du procès du lieutenant-colonel S.S. Eichmann qui s'ouvre à Jérusalem et fait grand bruit à travers le monde, puis à celle de l'érection du mur scindant Berlin en deux.

Un reportage consacré au procès du criminel nazi fait scandale, celui effectué par la philosophe Hannah Arendt pour l'hebdomadaire *New Yorker*. On lui reproche son ton, ressenti comme désinvolte, arrogant, et surtout ses analyses et ses jugements. Magnus lit le reportage incriminé, et loin de s'en offusquer, il fait sienne l'idée de « banalité du mal ». Pour lui, ce n'est pas un concept lancé de façon téméraire, c'est plutôt un doigt se posant sans ménagement sur une plaie qu'on préfère ne pas voir tant elle est laide, honteuse. Tout en lisant le texte de Hannah Arendt, il ne peut s'empêcher d'entendre en fond sonore les voix de ces autres pourvoyeurs de désastre et de mort qu'il a connus, intimement côtoyés : le rire tonitruant du blagueur Julius Schlack, la voix à la diction parfaite du fin connaisseur de poésie Horst Witzel, et celle du baryton basse Clemens Dunkeltal. Des voix qui assurément auraient répondu, à l'instar d'Eichmann, d'un ton sec et monocorde dénué de tout remords, « non coupable » à chaque chef d'accusation prononcé contre eux par un tribunal s'ils avaient été capturés et jugés.

Quant à Berlin, il fouille dans sa mémoire les souvenirs qu'il a gardés des rares visites faites dans cette ville vers l'âge de sept ans, et il ne se rappelle que celui du zoo où Clemens l'avait conduit un jour. C'était si exceptionnel que son soi-disant père s'occupât de lui, que cette journée l'avait profondément marqué, d'autant plus que son bonheur de se trouver enfin seul avec son « maître de la nuit » avait été d'emblée piétiné. Au pied d'une sculpture colossale d'iguanodon érigée près de l'entrée du zoo, une jeune femme attendait, flanquée d'un petit garçon de trois ans environ. Cette visiteuse et son père avaient feint la surprise en s'apercevant, comme si leur rencontre n'était due qu'au hasard. Et ce hasard les avait si grandement réjouis qu'ils étaient restés ensemble durant toute la promenade. Ce n'était cependant pas la présence importune de cette femme volubile qui avait gâché sa joie d'enfant, mais celle du gamin, un joufflu prénommé Klaus, auquel le « maître de la nuit » avait manifesté bien plus d'attentions et d'affection qu'il n'en avait jamais témoigné à son propre fils.

Il revoit l'énorme dinosaure dressé sur ses pattes arrière, la tête tournée vers les frondaisons des arbres, et par-delà les feuillages un drapeau planté au fronton d'un bâtiment, arborant, en immense, la même croix noire à branches coudées que celle qui ornait l'uniforme du docteur Dunkeltal.

Il revoit l'odieux chérubin juché sur les épaules du père ou assis sur ses genoux, et lui, une fois de plus laissé à l'écart. Il revoit des girafes, des ours, des éléphants et des bisons, des arbres, des rochers et de grandes volières ; il revoit des kangourous nonchalamment allongés sur le flanc, certains se tenant accoudés sur une de leurs pattes antérieures à la façon d'humains velus et roux ; il revoit un rhinocéros noir aux minuscules yeux fixes, planté sur un talus sans bouger, seules ses oreilles semblant douées de mouvement, et un lion arpentant sans relâche sa geôle ; il revoit des moineaux s'invitant partout dans les enclos des bêtes captives avec une gracieuse insolence, et une petite souris qui a soudain traversé une allée, paniquant quelques élégantes passantes, dont l'amie de son père, que la vue des fauves par ailleurs n'effrayait nullement. Mais toutes ces images lui reviennent dans le flou des larmes de dépit et de colère qui avaient alors embué ses yeux.

Ce qu'il revoit très précisément, en revanche, c'est un bébé hippopotame dont le bâillement démesuré avait beaucoup amusé la femme et Clemens, et le nom de ce poupard à gueule béante lui revient intact à la mémoire : Knautschke. Il s'en souvient car il avait compacté le prénom du morveux chouchouté par son père avec le nom de l'animal vautré contre le ventre informe de sa génitrice : de Klaus il avait fait « Klautschke ».

Quelques semaines après cette visite, Berlin avait été pilonné, presque tous les animaux du zoo avaient péri sous les bombardements. « Klautschke » et sa mère avaient-ils subi le même sort que les bêtes ?

L'Europe n'a pas le monopole des drames et de la violence, il en survient à foison aux États-Unis, il s'en propage à profusion partout dans le monde. Le président Kennedy est assassiné, la guerre s'enlise au Vietnam, des émeutes éclatent dans les quartiers noirs de la plupart des grandes villes du pays, Martin Luther King tombe à son tour sous les balles d'un fanatique. Dans le même temps des contre-courants se lèvent, charriant sur fond de musique houleuse une ardeur têtue à vivre autrement, à sortir des ghettos, des bourbiers des guerres, de la touffeur d'un quotidien compassé et mesquin. May s'élance dans tous ces courants, elle est partout là où ça bouge et se profile une promesse de changement, là où le pouls du temps s'accélère. « *I have a dream* », avait répété comme une psalmodie Martin Luther King quelques années avant d'être abattu ; May saisit au vol ce rêve interrompu.

Elle a toujours voulu défier la pesanteur et précipiter les rêves dans la réalité. Cela lui a valu à l'âge de quinze ans la rancune inaliénable de sa mère, Nora. Depuis des années, ses parents ne s'entendaient plus, le père, Lajos, entretenait une liaison avec une femme, Judith Evans, une amie de la famille. Tout le monde le savait, mais chacun feignait l'ignorance, par souci des convenances. Un jour le père est tombé malade. Nora a ressenti plus de satisfaction que d'inquiétude devant cette maladie soudaine, son mari ne pourrait pas voir sa maîtresse tant qu'il serait reclus dans sa chambre. La maladie s'est aggravée, il aurait été préférable de transporter Lajos à l'hôpital, mais Nora s'y est opposée, arguant qu'il était mieux chez lui, auprès de sa famille, et elle a fait montre d'un grand dévouement à s'occuper de son « pauvre mari ». Un dévouement réel, mais féroce, car si elle mettait beaucoup de zèle à le soigner, elle en déployait plus encore à le tenir isolé. Même leur fille n'avait que rarement l'autorisation d'entrer dans la chambre où reposait son père qu'il ne fallait pas fatiguer.

Le père ne se reposait pas, il se mourait à petit feu. Et dans sa lente agonie, il demandait à voir Judith. Il suppliait. Nora lui essuyait doucement le visage, lui donnait à boire, lui caressait la main, se contentant de répéter d'un ton plein de sollicitude : « Ne parle pas, Lajos, reste tranquille, je m'occupe de toi, tout va bien... » Et, quand vers la fin il appelait dans un souffle le nom de Judith qu'il voulait crier, elle répondait d'un air candide : « Je suis là, mon chéri. »

Judith Evans était venue deux fois, sous prétexte de visites amicales pour prendre des nouvelles du malade. Nora l'avait reçue avec une politesse implacable, lui imposant le supplice d'un thé où chaque geste, chaque regard était pesé, calculé, et d'une conversation dont chaque phrase était composée de clichés écœurants de fadeur, de sottise, et entrecoupée de silences acides. Au cours de sa première visite, Judith avait espéré qu'elle verrait Lajos, qu'il descendrait de sa chambre, elle ignorait la gravité de son état. Nora, à l'affût de ce désir chez celle qu'elle haïssait et tenait enfin en son pouvoir, avait ruiné cette attente en quelques mots : « C'est

131

impossible, il dort, et ne veut être dérangé par personne. » La seconde fois, Judith avait osé formuler son désir. « J'aimerais le voir... » Nora avait bu une gorgée de thé, lentement, reposé sa tasse avec délicatesse – dans le silence du salon on entendait cogner le cœur de Judith Evans, à coups sourds, précipités –, et, avec un sourire plein de grâce et de désolation, la maîtresse de maison avait fini par asséner : « A présent, il est trop tard. Il ne reconnaît déjà plus personne. Je vous remercie de votre visite. » Et elle s'était levée, ajoutant, sans se départir de son affabilité : « Je vous raccompagne. » Judith s'était levée à son tour, livide, ses lèvres tremblaient. C'est alors que May, qui avait assisté à la scène, était intervenue. « Venez », avait-elle dit en prenant Judith Evans par la main. Et avant que sa mère n'ait eu le temps de réagir, elle s'était élancée hors du salon avec Judith, avait fermé à clé la porte, était montée à l'étage et avait introduit dans la chambre de son père la femme qu'il aimait.

« I have a dream. » Les rêves sont faits pour entrer dans la réalité, en s'y engouffrant avec brutalité, si besoin est. Ils sont faits pour y réinsuffler de l'énergie, de la lumière, de l'inédit, quand elle s'embourbe dans la médiocrité, dans la laideur et la bêtise. Les coups frappés par le cœur d'une femme saisi d'épouvante d'amour avaient déclenché en May une volonté de total affranchissement, et un culot d'une vigueur inlassable.

Séquence

« Un jour le Sud reconnaîtra ses vrais héros. [...] Ce seront les vieilles Noires opprimées et maltraitées, symbolisées par cette femme de soixante-douze ans, à Montgomery, dans l'Alabama, qui s'est dressée dans un élan de dignité et a décidé avec tout son peuple de ne plus monter dans les autobus soumis à la ségrégation ; et qui, interrogée sur sa fatigue, répondait avec une profondeur rebelle à la grammaire : "Mes pieds, il est fatigué, mais mon âme elle est reposée." »

Martin Luther King,
Lettre de la prison de Birmingham
16 avril 1963.

« Vous ne pouvez pas comprendre
vous qui n'avez pas écouté
battre le cœur
de celui qui va mourir. »

Charlotte Delbo,
Une connaissance inutile.

Fragment 15

Il n'y a pas que l'Histoire en majuscule qui se répète, cela arrive aussi dans l'histoire des familles. Dans les deux cas, la répétition se pimente de nuances, de menues modifications, ainsi tempère-t-elle l'effet de rabâchage.

La maladie qui, vingt-cinq ans plus tôt, avait emporté son père en moins d'un mois, frappe May au même âge et procède aussi rapidement. En quelques jours elle l'évide de ses forces, l'oblige à s'aliter, lui oppresse la poitrine. Elle la cloue dans l'impuissance. Magnus ne quitte pas son chevet, Terence veille en retrait. Mais lorsque May sent que le compte à rebours de sa mort ne s'égrène plus en jours, mais en heures, elle demande à Magnus de quitter la chambre et d'appeler Terence.

Elle dit à Terence de fermer la porte, puis de venir s'allonger près d'elle, dans le lit. C'est dans ses bras à lui, contre son corps qu'elle n'a jamais dénudé, jamais étreint ni caressé, qu'elle veut mourir. Seuls la tendresse et le silence de ce corps d'homme demeuré inaccessible à son désir, son frère époux, son âme frère, peuvent l'aider à rendre les armes, à passer sans effroi ni colère dans l'inconnu de la mort. Contre le corps de son amant, elle n'y parviendrait pas, elle éprouverait trop de révolte et de souffrance. Or elle veut pouvoir consentir à l'inéluctable, l'affronter en combat singulier. Elle veut réussir à honorer sa mort.

Terence s'étend à ses côtés, il l'enlace doucement. Leurs deux visages se touchent, leurs yeux sont si proches que leurs cils se frôlent et leurs regards se mêlent. Ils ne voient plus rien, ils perçoivent juste une lueur qui frémit comme une petite flaque de soleil au creux d'un buisson. Ça les amuse ; May n'a plus la force de rire, elle sourit. Et leurs sourires aussi s'entremêlent, et leurs souffles. Ils ne parlent pas, n'ont plus rien à se dire, ou trop à se dire, c'est pareil en cet instant. Ils sont bien, là, comme ça blottis l'un contre l'autre, hors temps, hors désir, dans le nu de l'amour. Leur complicité n'a jamais été si dense, si vaste, si lumineuse. Ils sont dans l'absolu de la confiance, de l'abandon de soi à l'autre, de l'oubli de soi dans l'étonnement. Jamais ils ne se sont sentis aussi présents l'un à l'autre, aussi présents au monde – mais sur son seuil, non plus en son plein.

Terence voit se ternir la petite flaque de clarté

qui frémissait au bout de ses cils, il entend se taire le souffle qui chuchotait à l'unisson du sien. Cependant il ne bouge pas, il enserre juste le visage de May entre ses mains, et il reste long-temps ainsi, longtemps dans le silence devenu infini de l'amour.

May a honoré sa mort.

Magnus attend hors de la chambre, il n'a pas cherché à y revenir. Un grand vide se creuse en lui au fil des heures. Il ne pense pas, il ne ressent rien, sinon un drôle de froid qui ondoie discrè-tement dans sa chair. Il n'est ni patient ni impa-tient, il est là, simplement, là comme un funam-bule faisant la pause au milieu de son fil tendu au-dessus d'un désert. Il lui faut beaucoup d'immobilité pour garder l'équilibre.

Terence sort enfin de la chambre, il ne dit pas un mot, son visage n'exprime rien de précis. Il s'approche lentement de Magnus et prend son visage entre ses mains comme il l'a fait avec celui de May. Magnus ferme les yeux, il laisse May lui annoncer sa mort par ce contact, lui dire adieu dans un frôlement. Il sent dans les paumes de son messager la chaleur qui s'est en allée d'elle, il recon-naît dans ce toucher le grain de la peau de May. Les mains de Terence sont imprégnées du souffle et du sourire de May. Il porte alors les mains du messager contre ses oreilles, et là il perçoit le bruit du cœur de son amante tel qu'il l'entendait battre après l'amour, quand il s'endormait tête appuyée contre sa poitrine ou son ventre.

May est incinérée, et ses cendres dispersées dans le vent, comme elle l'avait souhaité. Pour cette cérémonie des semailles en plein ciel, Terence a loué une montgolfière à bord de laquelle montent Magnus, Scott, et quelques amis proches du couple. Ils sont tous habillés de vêtements déclinant chaque nuance du violet et du vert, les couleurs préférées de May. Terence ouvre une bouteille de barackpàlinka, eau-de-vie d'abricots hongroise qui était sa boisson favorite, et en sert à chacun un petit verre. Tous boivent cul sec à la mémoire de celle dont les cendres s'échappent de l'urne et s'éparpillent dans le vide. Une fugace nuée gris argenté flotte dans l'air qui bientôt retrouve sa transparence.

Voilà donc à quoi se réduit une vie, un corps qui fut si ardemment en marche, bruissant de paroles, de rires et de cris, mû par d'innombrables projets, d'insatiables désirs : une poignée de cendres blêmes solubles dans le vent.

May a choisi le vent, le vide pour tombeau, et ce vide se creuse autour de Magnus, le présent s'abîme dans le gouffre du ciel d'un blanc bleuté, lisse à pleurer. Debout dans la nacelle qui vogue au ralenti, Magnus a l'impression d'être un lourd oiseau enlisé dans les airs, qui ne sait d'où il vient, ni surtout où il va. Celle qui lui avait ouvert l'horizon et l'avait remis en chemin dans le sens du futur vient de disparaître, et soudain il éprouve un grand froid, une brûlure, les sensations se confondent, une flamme glacée lui éclate en plein cœur et ondoie dans ses membres, ruisselle le long de sa colonne vertébrale, explose sans un bruit dans sa tête, exactement comme en cette nuit d'été à Hambourg, à l'heure de Gomorrhe, quand la femme, qu'il pense avoir été sa mère, lui a brusquement lâché la main pour danser avec la mort. Il ressent le même goût de néant dans la bouche, le même précipité de stupeur et de solitude se former dans sa chair. Il n'est pas veuf de la femme aimée, mais orphelin de sa complice, de son amante. Le veuf, c'est Terence.

La flamme glacée lui lèche le cerveau, et ses pensées se font béantes. Il se demande, ahuri par sa propre question : « May m'a-t-elle aimé ? Et moi, l'ai-je aimée ? Ai-je jamais aimé qui que ce soit, aimé vraiment ? Ou tout n'aura-t-il été qu'illusions ? » Il ne sait pas, ne sait plus rien, doute de tout, doute de lui. Il se sent finalement moins orphelin de May que de la nouvelle identité qu'il s'était forgée auprès d'elle. Oui, comme à l'heure de Gomorrhe, il va lui falloir repartir de zéro. Mais un zéro cette fois lesté de souvenirs très denses, et non plus évidé par l'oubli.

Séquence

Double attente

« Une étoile baisse son regard vers moi,
Et dit : "Moi ici et vous
Nous nous tenons, chacun à notre niveau :
Que comptez-vous faire, –
   Comptez-vous faire ?"

Je dis : "Autant que je sache,
Attendre, et laisser le Temps passer,
Jusqu'à ce que mon tour vienne. – Voilà."
L'étoile dit : "Moi de même : –
   Moi de même." »

Thomas Hardy, *Waiting Both*.

Fragment 16

Ce que May n'a pas fait de son vivant, n'a jamais cherché à faire, au contraire – détourner Terence de la personne dont il était épris –, elle le provoque par sa disparition. Peu de temps après la cérémonie de la dispersion des cendres, Scott se sépare de Terence. Tout désir pour son amant s'est brutalement effondré, mué en impuissance. Le corps de Terence lui semble intouchable, inapprochable même, comme si May en mourant dans ses bras avait déposé un peu de sa mort sur sa peau, et incrusté le reflet de son visage chaviré dans la nuit, le silence, au fond de ses yeux. L'odeur de son corps a changé, dit Scott, le grain de sa peau, et surtout son regard. Il est nimbé d'une fadeur extrême, violente. L'insoutenable fadeur de la mort, si sournoisement contagieuse.

Terence ne tente pas de retenir Scott, il s'abandonne en douceur à l'abandon même où May l'a laissé, il devient étrangement indifférent, à tout, à tous, à lui-même, tout en déployant une grande courtoisie autour de son détachement, peut-être pour en tempérer l'excès, ne pas y succomber trop vite. Il met à s'effacer autant de délicatesse qu'il en avait jusque-là mis dans la séduction.

Il finit par disparaître tout à fait, sans signaler à quiconque en quel lieu il s'est retiré.

Et la solitude se resserre autour de Magnus, ou plutôt elle s'évase et se creuse. Celle qui avait le don de précipiter les rêves dans la réalité et d'enchanter les jours a disparu, emportant avec elle tous les rêves, les désirs, et les jours n'ont plus ni éclat ni saveur. Il cesse de voyager, de courir après les spectacles, les concerts, les expositions. Ses intérêts de traducteur dérivent, ils s'éloignent de l'art pour se tourner vers l'histoire. Le champ est vaste en ce domaine, mais Magnus revient insensiblement vers cela même qu'il avait voulu fuir en quittant l'Europe, et bientôt il s'y enferme : le passé récent, encore très vif, de cette Europe et de ses guerres, spécialement la dernière.

C'est comme si les vieux démons de son enfance et de son adolescence l'avaient suivi en catimini de l'autre côté de l'Atlantique, s'étaient mis en hibernation pendant la longue décennie qu'il vient de vivre sur ce continent des antipodes, le temps qu'il vagabonde tout son soûl et s'étourdisse de nouveautés, de liberté, attendant leur heure pour se réveiller et repartir subrepticement à l'assaut.

Il déplace l'ardeur qu'il avait mise à découvrir musées et galeries, théâtres, cabarets et lieux d'art underground à travers l'Amérique, à fouiller désormais archives et documents dans le silence de bibliothèques, et à tenter de nouer un dialogue avec les multiples témoignages tant des victimes que des bourreaux des grandes barbaries de son siècle, en particulier celle née au pays de son enfance. Le traducteur devient lui-même historien, ou plutôt détective amateur au seul compte de sa conscience restée en tourment de questions.

Mais le détective s'égare dans les labyrinthes de la folie humaine si facilement en accointances avec le mal, il vacille au bord des gouffres de la bêtise humaine capable de confondre le mal et le bien, le mal et le devoir, accomplissant alors les pires ignominies avec docilité et application, en toute paisible bonne conscience.

Lentement, le souvenir de ses années à Londres refait surface dans ses pensées ; il l'a tenu à l'écart, ce souvenir qui lui était pénible, tout le temps qu'ont duré sa liaison avec May, son amitié avec Terence et Scott. Auprès des Gleanerstones, il avait trouvé de la saveur à vivre, ce qu'il n'avait jamais connu dans l'austère maison des

Schmalker où il se sentait un intrus. Mais la saveur vient brutalement de s'affadir, ou, plutôt, d'être supplantée par une acidité aiguë, et il devine qu'il lui faudra longtemps mâcher ce goût âcre du deuil qui corrode tout désir et rend surie toute joie. Ce qu'il devine aussi, c'est que cette âcreté sera d'autant plus persistante qu'il la mâchera et remâchera dans l'isolement et le silence. C'est pourquoi il repense à Lothar et à Hannelore, qui, malgré tout, lui ont donné la chance d'un premier renouveau après le naufrage de ses faux parents fuyant leurs crimes dans des morts lamentables.

Avec le temps, il comprend mieux l'attitude distante que Hannelore avait eue à son égard, et surtout, il comprend enfin les raisons du long mensonge de Lothar, il mesure combien avait dû lui coûter le choix de taire, à tous, ce qu'il savait au sujet de l'enfant rescapé de Gomorrhe puis accaparé et manipulé par sa sœur. Lothar avait livré seul son combat de conscience, seul face à ce Dieu qui était au cœur de sa vie – Dieu, comme un abîme muet d'où soufflait cependant un vent faisant mugir des torsades de paroles inouïes et inaudibles.

Avec May, jamais il n'a abordé la question de Dieu. Pour elle, il n'y avait pas de question à ce

146

sujet, seulement une négation, l'abrupte évidence d'un Rien. Toute religion n'était à ses yeux que broderies et fioritures, plus ou moins frustes ou raffinées, arrangées autour de ce vide pour en masquer la nauséeuse énormité. La terre, l'ensemble de l'univers, la vie humaine n'étaient que les fruits d'un hasard extravagant. Des fruits splendides autant que vénéneux. Et la seule « voix divine » qu'elle reconnaissait, c'était le bruit sourd du cœur des vivants quand il se fait fabuleusement sonore aux heures jubilantes de l'existence, aux heures nocturnes de l'angoisse, et dans les instants solaires de la jouissance.

Est-ce pour ne laisser à Magnus que le souvenir de ces instants solaires, qu'elle l'a chassé de sa chambre à l'approche de la mort ? Ou bien, est-ce parce que l'amour de Terence lui était plus intime, plus précieux que tout autre ? Le doute qui s'est levé en lui le jour des adieux, là-haut, dans le froid bleuâtre du ciel, n'en finit pas de le tarauder – leur liaison a-t-elle été aussi forte, aussi libre et lumineuse qu'il le pensait ? A-t-il su l'aimer à la hauteur de son attente ? A-t-il jamais su aimer qui que ce soit, en vérité ?... Et si dans le rapt de son enfance, la nuit de Gomorrhe, il avait aussi perdu toute faculté d'aimer ? S'il ne lui restait plus qu'un cœur à demi calciné dans les flammes qui ont enlacé sa mère, cristal-

147

lisé dans le sel de la stupeur, des larmes et de l'effroi ?... Le doute se déplie, s'étend à tout son être, le ronge.

Mais serait-il à ce point sujet au soupçon, se demande-t-il quand sa confusion s'exacerbe à l'excès, si un second rapt n'avait eu lieu dans la foulée du premier, non plus violent mais doucereux, commis jour après jour, minutieusement, par Thea et Clemens Dunkeltal, la folle et l'assassin ? Comment ne pas tout suspecter, jusqu'à soi-même, quand on a distillé en vous tant de mensonges ?

Ainsi le réattaquent ses vieux démons. Ils se font de plus en plus pressants au fil des mois et finissent par reprendre si bien possession de lui qu'il décide de rentrer en Europe, après une douzaine d'années d'absence, sinon de reniement.

« Magnus ?... Qui est Magnus ? » avait demandé May.

Magnus est un ourson de taille moyenne, au pelage très râpé, marron clair faiblement orangé par endroits. Il émane de lui une imperceptible odeur de roussi et de larmes.

Ses yeux sont singuliers, ils ont la forme et le doré – un peu fané – de la corolle de renoncules, ce qui lui donne un regard doux, embué d'étonnement.

Magnus est un homme d'une trentaine d'années, de taille moyenne, aux épaules massives, au visage taillé à la serpe. Il émane de lui une impression de puissance et de lassitude.

Ses yeux, brun mordoré virant parfois à l'ambre jaune, sont enfoncés dans l'ombre des orbites, ce qui lui donne un regard singulier – de rêveur en sentinelle.

« Moi ici et vous
Nous nous tenons, chacun à notre niveau :

149

Que comptez-vous faire,
Comptez-vous faire ?... »

« Et May, qu'est-elle devenue ? Est-elle restée
à Comala ? »

« Lait noir de l'aube
Nous creusons une tombe dans les airs... »

« J'étais sûr que tu reviendrais un jour, et ainsi, sans crier gare, à la façon du fils prodigue, dit Lothar. Toutes ces années, sans la moindre nouvelle de toi... je t'ai imaginé diverses vies, j'ai espéré que tu avais trouvé l'apaisement. Et le pardon. » Lothar lui parle en allemand, et cette langue, qu'il n'a plus pratiquée depuis des années, sonne étrangement aux oreilles de Magnus. Les mots lui viennent de loin, comme couverts de brume et de givre – pris dans une gangue rêche, et soudain il repense aux diamants dont Thea avait affublé sa peluche, et qui s'étaient encroûtés de larmes grises.

Les mots de sa langue d'autrefois se mettent à bouger au fond de sa gorge, à balbutier en sourdine, mais ils s'y nouent en une boule grumeleuse. Un caillot de vocables dont la beauté est obscurcie, craquelée. Il ne parvient pas à le dissoudre, à en détacher des mots ; sa gorge lui fait mal, sa bouche est sèche. Il répond à Lothar en anglais. Mais sa réponse est évasive, car c'est moins un apaisement qu'il avait trouvé là-bas, loin de l'Europe, qu'une joie neuve, vivace, et

151

celle-ci a été d'un coup réduite en poussière, le laissant désemparé, égaré en lui-même qui sonne le creux. Quant au pardon, s'il peut envisager d'y parvenir un jour, peut-être, en ce qui concerne le vol et la mystification commis par Thea au préjudice de son enfance, il n'étend aucunement cette possibilité à Clemens Dunkel-tal dont les crimes ne tolèrent nulle excuse, nulle indulgence. Et puis, ajoute-t-il, n'ayant pas été la victime de ces crimes perpétrés dans les camps où sévissait le médecin exterminateur, il n'est pas en droit de pardonner à la place des martyrs.

Lothar est seul à la maison, Hannelore est partie à Liverpool, où sont installés Erika et son mari, pour aider sa fille qui vient de mettre au monde son cinquième enfant. Un petit garçon tardif, le premier de la famille, nommé Jonas. Else, elle, vit à Londres avec son mari et leurs jumelles, Doris et Clara. Sur un mur de la salle à manger sont accrochés des portraits d'Erika et d'Else pris le jour de leurs noces ; il y a aussi une photographie récente des six petites-filles de Hannelore et de Lothar. Leurs âges s'échelonnent de trois ans à quinze ans environ. Toutes sont rondes, blondes et rieuses, sauf une, Myriam, une adolescente brune et fluette qui pose avec raideur, les bras tendus le long du corps, les poings serrés. Elle est l'aînée d'Erika, celle qu'il a connue au berceau ; elle était le premier nouveau-né qu'il voyait, sur lequel il s'était penché, et qui l'avait alors profondément troublé. Il se souvient de ses poings minuscules déjà tenacement fermés, de ses grimaces de grenouille, de son aspect de très vieux sage auquel il prêtait une connaissance aussi ample que confuse, celle du mystère de la vie, et combien il avait rêvé devant cette fillette de sa propre petite enfance sombrée dans l'oubli.

Les traces d'un amour maternel sommeillent certainement toujours au fond de son être, celles de sourires, de mots mélodieux, de caresses et de regards radieux, mais Thea n'en est pas la source. Et ces traces enfouies sous les décombres de Gomorrhe le lancinent à nouveau, comme un nom connu que l'on cherche et qui s'obstine à rester en retrait sur la langue, un air de musique familier qui fredonne quelque part dans la tête sans laisser s'échapper la moindre note audible.

Lothar mentionne que Myriam est très douée pour le dessin et la sculpture, mais qu'elle consacre à cette passion artistique toute son énergie au détriment de ses études, et qu'elle est souvent en conflit avec ses parents. Il montre à Magnus deux statuettes qu'elle a modelées dernièrement, l'une d'une jeune sirène au buste dressé, les bras relevés au-dessus de la tête, mains enfouies dans sa chevelure à l'aspect d'algues zigzagantes, l'autre d'un homme filiforme, pourvu d'un bec d'échassier et de pattes d'oiseau en guise de mains et de pieds, en train de sauter par-dessus un obstacle invisible. A l'évidence, il y a beaucoup de talent dans les doigts de Myriam, et surtout de force et de colère amassées au creux de ses poings.

Dans la maison des Schmalker, le temps semble avoir glissé au ralenti, délicatement ; il y règne toujours le même ordre, une propreté impeccable et un calme profond – tout ce que Magnus, à l'époque où il y habitait encore sous le nom d'Adam, trouvait pesant et s'impatientait de fuir. A présent il en apprécie l'atmosphère paisible et recueillie, celle d'une maison d'étude où la vie même, les événements du monde, les journaux et les livres, les sentiments et les pensées des habitants du lieu sont objets quotidiens de réflexion, d'un effort continu de compréhension.

Sur Lothar, le temps n'a pas glissé, il a pénétré doucement, en profondeur, dans son corps qui a perdu de sa robustesse et qui commence à se voûter, sous sa peau un peu épaissie et ridée ; ses cheveux ont blanchi, sa voix s'est légèrement voilée – elle flue sur un vaste fond de silence. Le temps a particulièrement poli ses yeux qui luisent d'une clarté de quartz bleu-gris, très pâle, dans lequel des gouttes de lumière se seraient enchâssées. Et lorsqu'il pose son regard sur son interlocuteur, il embrasse celui-ci dans l'orbe de sa clarté.

Lothar adresse à Magnus la question qu'il différait depuis le début de leur conversation. Il lui demande s'il est croyant. « Il m'est déjà assez difficile d'avoir foi en moi-même et en les autres. » A cette réponse biaisée, Lothar réplique en souriant que la foi en Dieu relève du même acte aventureux, et souvent éprouvant, que la foi en l'homme. Aucune certitude, aucun acquis et aucun repos dans cet acte de la pensée et du cœur à renouveler chaque jour.

Il revoit Else, venue rendre visite à son père. Elle est restée aussi enjouée que lorsqu'elle était jeune fille. Tandis qu'ils discutent dans le salon, Magnus repense à Peggy Bell dont il était tombé amoureux jusqu'à l'extravagance après lui avoir volé un baiser, dans ce même salon, et il interroge Else à son sujet. « Ah, Peggy..., dit Else d'un air soudain navré. Je ne la vois que rarement, à présent. Elle a tellement changé depuis la mort de Tim... – Tim ? Qui est-ce ? – Timothy, son mari. Il est mort l'année dernière. Il a chuté du bord d'une falaise au cours d'une promenade, dans le Kent où ils étaient en vacances. Peggy n'était pas auprès de lui au moment de l'accident, et elle ne l'a pas vu tomber. Elle n'a appris ce qui s'était passé que plusieurs heures plus tard, quand on a découvert le corps de Tim sur les rochers. – Et depuis... ? – Il est difficile de savoir ce qu'elle devient, son comportement est imprévisible. Elle disparaît pendant des semaines, resurgit sans s'annoncer, et quand enfin on parvient à reprendre contact avec elle, elle se montre insaisissable, très renfermée, presque mutique... elle qui était si chaleureuse et volubile... Je sais seulement qu'elle désire quitter l'Angleterre, elle dit qu'elle ne supporte plus de vivre ici, comme si le fantôme de Tim hantait tout le pays, et qu'ailleurs seulement elle pourrait commencer à oublier. Je ne la comprends plus très bien... »

L'évocation de ce malheur qui a mis Peggy en fuite ravive d'un coup en Magnus son propre désarroi face à son passé, et sa douleur de la disparition de May, brisures qui l'ont rendu lui aussi incertain et fuyant. Et il prend conscience qu'il n'a au fond pas envie de se réinstaller à Londres, qu'il n'est revenu que temporairement, même s'il ignore encore quand il repartira, et vers quelle destination. Il n'a pas, comme Lothar, une sagesse de sédentaire, mais on peut faire également du monde une maison d'étude, aussi zigzagante et en fragments soit cette étude.

« Est-ce que je suis jolie ? » avait demandé Peggy Bell.

Elle avait la joliesse de ses dix-sept ans, une fossette à la joue gauche, la peau piquetée d'éphélides et un brin de loucherie dans ses yeux vert tilleul qui lui donnait un air tantôt rêveur tantôt mutin.

Et des cheveux d'or roux.

Elle avait l'inconscience et les soucis de ses dix-sept ans, l'ingénuité et la ruse mêlées, et une folle impatience de s'affranchir.

Un goût de fruit sur ses lèvres, et des cheveux couleur d'agrumes.

« Est-ce que je suis jolie ? »

Un garçon l'a embrassée, un autre l'a épousée.

« Tu entends des rires. Des rires déjà très vieux, comme lassés de rire... »

Un garçon l'a épousée – est-il mort de cet amour ?

« Peggy, la jolie Peggy Bell, qu'est-elle devenue ? Est-elle restée à Comala ? »

« *Lait noir de l'aube...*
Nous creusons une tombe dans les airs... »

Fragment 18

Magnus mène à Londres le même mode d'existence qu'il avait à San Francisco après la mort de May. Il fréquente les bibliothèques, et travaille à des traductions. Il donne aussi des leçons particulières d'espagnol. Les Schmalker lui ont proposé de l'héberger – Hannelore lui témoigne à présent beaucoup plus de sympathie que dans le passé où elle le croyait le fils des Dunkeltal –, mais il préfère leur rendre fréquemment visite que s'installer chez eux. Il a loué un studio dans un quartier au nord de la ville. De maison à laquelle il se soit attaché comme à un foyer, il n'en a jamais eu, il a toujours quitté dans la précipitation les lieux où il habitait. Même la maison dans la lande, où, petit garçon, il s'était cru heureux, et qu'il avait dû fuir dans la panique, il n'en garde aucune nostalgie. Surtout pas de celle-là, plantée comme un mirage de paix et de tendresse au seuil d'une des gueules de l'enfer. Le souvenir du misérable logement où il a vécu ensuite à Friedrichshafen lui inspire moins de dégoût, car au moins ce logis n'était pas une infâme chimère, il était au diapason de la saleté ambiante dont on découvrait alors l'ampleur de jour en jour. La glorieuse Thea s'y était lentement rabougrie, puis éteinte comme un feu âcre. La maison des Schmalker, elle, aura été une sorte de sas de protection entre deux milieux opposés, deux pays, deux univers, un gué assez rude et ombreux mais finalement très sûr vers l'âge adulte. Avec May, il a mené une vie si nomade qu'il n'avait au fond que cette femme comme lieu de repère et d'attache. May, sa femme-île en dérive éternelle.

Mais en amont de tous ces lieux de passage, qu'y a-t-il ? En amont de la cave à Hambourg, la nuit de Gomorrhe, qu'est-ce qui se tient ? Parfois, il lui semble se souvenir, très fugitivement, d'une pièce baignée de lumière laiteuse, il voit cette lumière s'épancher sur les lattes d'un parquet en bois clair, poudroyer sur les murs, et une impression de quiétude délicieuse se dégage de cette image pâle comme une estampe fanée, enluminée de vide et de silence ; une image très nue, qui, dans sa fixité, vibre imperceptiblement.

Le temps est loin où des coulées de couleurs aveuglantes entraient par instants en crue sous ses paupières, irradiant son corps de stridences aussi inquiétantes que voluptueuses. Désormais, seule glisse à l'improviste dans ses yeux cette vision couleur d'opale qui laisse dans son sillage une sensation poignante de paix – de paix incomparable, qui fut goûtée par tout son être en des jours très anciens, révolus, et cependant non résignés à leur disparition.

Certains matins, où la clarté du jour naissant filtre à travers le store de la fenêtre de sa chambre, il arrive que cette sensation l'effleure avec la grâce fugace d'une caresse et il sent sur ses paupières l'ombre lumineuse d'un visage penché vers le sien, un souffle qui fredonne gaiement des mots. Mirage de l'aube et du demi-sommeil qui se dissipe dès que Magnus se réveille et reprend conscience. Alors lui revient à la pensée la soirée au restaurant à San Francisco, où Terence et May avaient cru reconnaître la langue dans laquelle il avait proféré quelques phrases sous l'effet de la fièvre, à l'hôpital de Veracruz. Mais il avait d'emblée écarté cette piste, par lassitude d'enquêter sur son passé perdu, par désir d'en finir avec cet oubli lancinant. La disparition de May a entraîné celle des défenses qu'il avait érigées contre sa mémoire aussi lacunaire qu'obsédante, et de sa mémoire en creux monte à nouveau un appel insistant, comme un chant de sirène. Il se peut, se dit-il à présent, que ces ondoiements de lumière soyeuse qui glissent sur sa peau au sortir du sommeil proviennent de réverbérations de son enfance – son enfance quelque part en Islande. Cependant, s'il accueille enfin cette possibilité, il la laisse en suspens, par peur de détruire la douceur de son songe en se lançant dans une enquête qu'il ne saurait même pas comment mener.

Il se contente d'interroger l'ourson aux yeux de renoncules qui veille patiemment sur une étagère dans l'obscurité de son armoire ; une interrogation muette, au diapason de l'ours en peluche dont le museau s'est un peu affaissé et les oreilles finement craquelées.

Magnus parle à Magnus, sans un mot, sans un son, sans un sens.

Ce n'est que quelques mois après son retour à Londres qu'il revoit Peggy Bell. Elle a enfin trouvé le moyen d'instaurer durablement une distance entre elle et son pays où elle continue à se sentir captive d'un veuvage survenu de façon trop brutale, sidérante, en acceptant un poste de professeur d'anglais dans une école à Vienne, et avant de partir s'installer en Autriche elle désire apprendre un peu d'allemand. Else lui a suggéré de prendre contact avec Magnus. Cette proposition le surprend, et surtout le laisse hésitant, il n'a jamais enseigné sa langue maternelle, que d'ailleurs il soupçonne toujours de n'être peut-être pas sa langue d'origine et qu'il ne pratique plus qu'avec les Schmalker, Lothar préférant discuter avec lui en allemand. Mais sa relation à cette langue demeure si ambiguë qu'il lui vient une idée tout aussi tortueuse, il se dit qu'en l'enseignant à une autre personne, elle-même désireuse de fuir un souvenir trop douloureux, il parviendra à briser la gangue d'ombre et de givre qui en durcit les mots, à leur rendre un son neuf.

Ils sont à l'heure au rendez-vous qu'ils se sont fixé dans un café, et chacun attend l'autre, assis à une table. Ils ne se sont pas reconnus. Ils finissent par se repérer, à force de tourner la tête vers la porte chaque fois qu'elle s'ouvre sur un nouveau client, ils sont les seuls à se comporter de la sorte. Ils se regardent d'abord à la dérobée, puis s'observent plus attentivement. La jeune femme qu'il a remarquée finit par se lever et se dirige vers lui. Elle porte une gabardine grise, serrée à la taille, et un chapeau cloche en feutre lilas foncé. Il lui sourit, et dit, en l'invitant à prendre place à sa table : « Peggy Bell ? » Elle corrige aussitôt, balayant en bloc son diminutif et son nom de jeune fille pour écarter toute familiarité : « Margaret MacLane. Vous êtes donc bien Adam Schmalker ? » Mais lui aussi a changé de nom, et à son tour il rectifie : « Magnus. – Ah oui, dit-elle, Else m'a mentionné cela... » Elle n'achève pas sa phrase. Bientôt Magnus découvre que c'est une habitude chez elle de se taire subitement au milieu d'une phrase, laissant les mots en suspens.

Elle fume beaucoup, écrasant chaque cigarette après quelques bouffées. Elle fume comme elle parle, par à-coups, nerveusement, s'interrompant avec brusquerie comme si elle se ravisait. La jeune fille à l'humeur lunatique que Magnus a connue autrefois passait sans transition du rire à une légère mélancolie, à présent elle passe d'un débit de paroles saccadées à un silence abrupt. Le vert tilleul de ses yeux a pris un éclat froid, ni gaieté ni rêverie ne le dorent, et il lui arrive si peu d'esquisser un sourire que la fossette qui se creusait à sa joue gauche reste imperceptible. Même ses taches de rousseur ont pâli, et ses mains de fillette ont perdu leur rondeur, elles sont menues, fragiles. Enfin, quand elle ôte son chapeau, Magnus retrouve sa belle chevelure fauve, mais coupée court. Et elle, se demande-t-il, l'examine-t-elle aussi minutieusement qu'il le fait, comparant son aspect actuel à l'adolescent qu'elle s'était amusée un jour à séduire ? Mais se souvient-elle seulement de lui, lui a-t-elle jamais accordé le moindre intérêt ?

Leur première rencontre ne dure pas long-temps, c'est une entrevue sans chaleur, assez pénible même tant Peggy, sanglée dans son identité de Margaret MacLane, se montre farouche, tendue. Elle n'est venue que pour discuter des conditions et de l'organisation des cours qu'elle désire suivre, tout autre sujet de conversation est écarté, elle ne pose aucune question personnelle à Magnus et ne lui permet pas davantage de l'interroger sur son propre passé ou sur sa vie présente et ses projets. A l'issue de ce bref entretien strictement professionnel, il est décidé qu'elle se rendra chez son professeur deux fois par semaine, pour des leçons d'une durée d'une heure trente, et qu'elle le paiera à la fin de chaque cours. Elle se recoiffe de son chapeau cloche d'un geste sec, se lève, salue son professeur et s'en va d'un pas pressé, sans se retourner.

Séquence

« Solitude au grand cœur encombré par les glaces,
Comment me pourrais-tu donner cette chaleur
Qui te manque et dont le regret nous embarrasse
    Et vient nous faire peur ?

Va-t'en, nous ne saurions rien faire l'un de l'autre,
Nous pourrions tout au plus échanger nos glaçons
Et rester un moment à les regarder fondre
Sous la sombre chaleur qui consume nos fronts. »

Jules Supervielle, « Soleil »,
Le Forçat innocent.

Fragment 19

L'élève n'est pas particulièrement douée pour les langues, mais elle est si empressée d'apprendre, et appliquée dans son impatience même, qu'elle progresse assez vite. Dès qu'elle se sent en possession de connaissances suffisantes pour s'exprimer en allemand, elle ne s'adresse plus à son professeur que dans cette langue. Et au fur et à mesure son comportement s'assouplit, elle se tient moins sur la défensive, elle ne parle plus par bribes sèches. Enfin, elle consent à reprendre son surnom d'autrefois, Peggy, comme si cette migration linguistique la rajeunissait ; la libérait.

Magnus remarque cette transformation graduelle, et au début il l'explique par l'effort que doit fournir Peggy pour construire correctement ses phrases, cette concentration accaparant son attention et la détournant ainsi de la prudence maladive qu'elle s'est imposée face à tout interlocuteur. Mais il soupçonne bientôt qu'une autre raison se cache derrière cette explication un peu simpliste, une cause plus complexe, obscure, qui s'enracine dans le drame qu'a vécu Peggy, comme si la mort de Tim avait endeuillé leur commune langue maternelle, intime et quotidienne, celle de leur couple, de leur amour ; l'avait meurtrie. De ce drame, elle ne parle d'ailleurs jamais, et jamais elle n'a prononcé le nom de son mari, ni fait la moindre allusion à lui. Cette ténacité à celer dans un silence radical tout ce qui concerne sa vie avec Timothy MacLane rend ce silence étrangement perçant, et troublant. Magnus y perçoit le cri ininterrompu d'un amour inconsolable.

Les leçons deviennent des conversations de plus en plus improvisées et libres qui se prolongent parfois bien au-delà de l'heure prévue. Ils finissent par abandonner le rituel du cours dans le studio de Magnus, et, dès qu'il fait beau, ils vont se promener dans la ville, dans les parcs, ou se retrouvent dans un musée, dans un café, selon leur envie du jour. Mais jamais elle ne propose un rendez-vous chez elle.

Un matin, cependant, elle téléphone à Magnus pour l'inviter à venir dîner chez elle le soir même. Quand elle lui donne son adresse, qu'il ignorait, il se rend compte qu'elle habite près de chez lui alors qu'elle lui avait laissé croire qu'elle demeurait dans un quartier éloigné.

Une jolie maison blanche à deux étages, des bacs de fleurs ornent le seuil, la porte d'entrée est laquée en vert foncé. Il n'y a pas de nom près de la sonnette, la petite plaque a été ôtée, ce qui rend soudain Magnus hésitant. Il sonne néanmoins, mais aucun son ne se produit. Après plusieurs essais inutiles, il frappe à la porte. Ses coups résonnent drôlement, comme s'ils se perdaient dans le vide. La porte s'ouvre pourtant, et Peggy, vêtue d'une robe jaune paille constellée de minuscules fleurs et de papillons orangés, se tient dans l'embrasure, souriante.

La maison est vide, en effet, et des ampoules nues pendent aux plafonds. Peggy mentionne d'un ton anodin qu'elle a vendu sa maison, que son déménagement a eu lieu le matin même, et qu'elle part le lendemain pour Vienne. Magnus oscille entre la stupeur et la colère, la manie qu'a Peggy de ne rien dire puis de mettre subitement devant un fait accompli vient d'arriver à un degré exaspérant, mais il ne manifeste ni sa surprise ni son agacement. Après tout, se dit-il, c'est mieux ainsi, qu'elle s'en aille donc, cette femme à secrets et à lubies saugrenues, qu'elle disparaisse aussi brusquement qu'elle avait resurgi. Oui, qu'elle disparaisse de son existence avant qu'il ne s'attache trop à sa présence, ne se laisse piéger par une illusion amoureuse. Il la regarde avec une froideur forcée ; certes, elle est jolie dans sa robe fluide couleur d'aube étoilée, avec ses boucles rousses qui auréolent son front, le vert lumineux de ses yeux et son sourire d'enfant, mais il tient cette grâce à distance, comme s'il admirait une belle statuette dans la vitrine d'un musée, en passant.

Dans le salon désert elle a improvisé une table en posant une planche sur des tréteaux, et disposé en vis-à-vis deux chaises de jardin. Elle a recouvert la planche non d'une nappe en papier, mais d'un grand damas magnifiquement ouvragé, aux tons soyeux, blanc et jaune. Les assiettes sont en carton, mais les verres en cristal. Elle a acheté d'excellents vins, et elle lui offre des olives noires et des noix de cajou dans des coupelles en plastique en attendant le livreur qui doit apporter des plats commandés chez un traiteur indien. Il ne l'a jamais vue aussi détendue et gaiement volubile, seulement jadis, dans la maison des Schmalker, et il a l'impression que le temps a basculé, qu'il a filé à rebours et que devant lui se trouve la jeune fille charmeuse et fantasque à laquelle il avait volé un baiser. Mais ce soir, il n'a aucune envie de l'embrasser, plutôt de la gifler. Et puis, cette fausse jeune fille babille absurdement en allemand, et cela l'irrite. Tout l'énerve, à commencer par lui-même en train de participer à une comédie à laquelle il ne comprend rien et qui finalement ne l'intéresse pas du tout.

Le livreur apporte le dîner et Peggy se hâte de servir les plats tant qu'ils sont chauds. Magnus mange sans appétit, et boit sans plaisir le vin cependant exquis. Sa mauvaise humeur va croissant tandis que sa convive devient de plus en plus radieuse, égayée par le vin qu'elle savoure à petites gorgées. Et soudain, saturé d'agacement, il dit, en anglais : « Je m'ennuie. » Peggy le regarde en inclinant légèrement la tête, un sourire étonné aux lèvres, et demande : « Pardon ? » Il répète : « Je m'ennuie. » Puis, mû par une rage froide dont il ne pourrait pas expliquer la force, il continue, toujours en anglais : « Oui, je m'ennuie avec vous. Vous m'avez déçu. Je vous ai appris ma langue, que pourtant je répugne à pratiquer, mais vous, que m'avez-vous appris ? Rien. Pendant près de cinq mois nous nous sommes vus deux fois par semaine, et parfois davantage, mais jamais vous ne m'avez parlé de vous, ni ne vous êtes souciée de moi. De qui, d'ailleurs, vous souciez-vous ? De personne, hors de vous-même. Nous étions voisins, alors pourquoi avoir prétendu que vous habitiez de l'autre côté de la ville ? Cela est un détail sans grande importance, mais pourquoi toujours vous dérober, louvoyer, cacher les choses, mentir ? Car vous mentez, vous aimez mentir, inventer des secrets, fabriquer du faux mystère. C'est puéril, et lassant. »

Peggy l'écoute, elle ne sourit plus, son visage a perdu la roseur et l'éclat que lui avait donnés le vin, même ses lèvres sont livides. Il la voit, assise très raide en face de lui, comme clouée sur sa chaise, le teint crayeux, les mains crispées sur la nappe. Loin d'être ému par le désarroi violent qu'il vient de provoquer en elle, il poursuit son réquisitoire : « Et sachez que ce n'est pas honorer la mémoire de votre mari que de refuser de l'évoquer, de ne jamais prononcer son nom, pas même ici, ce soir, dans cette maison qui fut aussi la sienne, où vous avez vécu ensemble, et que vous avez vendue comme on se débarrasse d'un vieux meuble encombrant. »

Il entend le souffle précipité de la jeune femme plus blême que la robe couleur d'aube triste qui pend sur son corps paralysé, et il entend sa propre voix dont bizarrement il ne reconnaît ni le timbre ni l'accent, et il ne sait d'où lui viennent les paroles dures qu'il profère d'un ton heurté. « Je ne vous aime pas. Je ne vous ai jamais aimée et jamais ne vous aimerai... » Une voix qui n'est pas la sienne débite des mots pleins d'animosité, de rancœur, avec une placide cruauté. Des mots qui ne lui appartiennent plus, qui ne le concernent pas, qui l'épouvantent. Mais il les émet, comme un dormeur émet des gémissements ou des paroles confuses dans son sommeil. « Je n'aime rien de vous, ni votre voix, ni votre corps, ni votre peau ni votre odeur. Tout en vous me dégoûte... »

Alors s'opère un curieux échange, ou plutôt un glissement, Peggy se lève lentement et prend le relais du monologue acrimonieux, d'un ton assourdi et sifflant. « ... Tout en toi me dégoûte et m'insupporte. Je voudrais te voir disparaître. Mais cela ne suffirait pas encore, je voudrais ne t'avoir jamais connu. Jamais. » Sur ces mots, elle se tait, debout derrière sa chaise, les mains posées sur le dossier ; elle reste ainsi très droite, le regard fixe, minéral, perdu dans une vision qui l'enveloppe d'une clarté bleutée – la scène née de la déclaration de non-amour à l'instant assénée par leurs deux voix devenues folles diffuse la même lumière que le jour où elle a réellement eu lieu, là-bas, sur la falaise.

Là-bas, sur la haute falaise de craie qui domine le détroit du pas de Calais ; roche blanche et eaux grises à reflets bleu acier, mauve et vert argenté. Là-haut, d'où la vue est si ample, où l'on respire l'espace ; certains soirs, par temps clair, on peut apercevoir la France de l'autre côté de la mer. Là-haut, où le vent court en toute liberté, portant odeurs de mer, de ciel et de forêt ; des goélands nichent sur les saillies, des brebis à tête noire paissent au ras du ciel.

Là-bas, un matin de printemps, un couple s'est promené. C'est ce couple que voit Peggy, qu'elle regarde sans ciller, si intensément que Magnus à son tour voit la scène dans ce regard immobile.

Et le passé s'invite dans la salle à manger, il prend place à la table entre les deux convives.

Deux silhouettes avancent à pas lents, mesurés. Elles semblent glisser au ralenti dans l'herbe qui ondule sous le vent. Parfois, l'une s'arrête, et l'autre se tourne vers elle, dit quelque chose, puis le couple reprend sa marche.

Un homme et une femme, ils cheminent côte à côte mais ne se tiennent ni par le bras ni par la main. Leurs épaules se frôlent, et pourtant on les sent à une distance infranchissable l'un de l'autre. Leur seule présence sur la falaise suffit pour durcir la lumière matinale, corroder le calme du lieu, cadrer l'espace, immense, et le réduire à un déc

Ils sont parvenus au bord de la falaise. Ils se fo face, à moins d'un mètre l'un de l'autre. Le solei est encore faible, le ciel est d'un bleu laiteux, la mer d'un gris rosé, plus sombre à l'horizon. La femme parle sans hausser le ton, mais le vent qui vole tout, les pollens, les poussières, le sable et les feuilles, les odeurs et les bruits, s'empare de ses paroles et les emporte dans ses plis invisibles pour les semer, un jour, plus tard, en un autre lieu.

Elle dit, la femme qui se tient raide, mains enfouies dans les poches de son imperméable : « Je m'ennuie avec toi, je m'ennuie à mourir. Je ne t'aime pas. Je ne t'ai jamais aimé et jamais ne t'aimerai. Je n'aime rien de toi, ni ta voix, ni ton corps, ni ta peau ni ton odeur. Tout en toi me dégoûte et m'insupporte. Je voudrais te voir disparaître. Mais cela ne suffirait pas encore, je voudrais ne t'avoir jamais connu. Jamais. »

L'homme ne dit rien, il est abruti par ces mots qui ne demandent pas de réponse, qui frappent de nullité toute autre parole. Il recule de quelques pas devant cette lapidation verbale.

Il se trouve au bord extrême de la falaise, et le vide, auquel il tourne le dos, enlace sournoisement ses chevilles, glisse le long de ses jambes, tournoie dans ses genoux et file en flux glacé jusqu'à sa nuque. Il n'a pas besoin de le voir, le vide, tout son corps le sent comme il sentirait la présence d'un fauve tapi sur ses talons. Il est saisi d'effroi et ne peut plus bouger. Il jette vers la femme un regard de supplication, non pas pour qu'elle lui dise enfin des mots tendres, il est en cet instant au-delà de l'espoir amoureux, ou en deçà, il est en marge de tout sentiment, dans le nu du vertige, dans une panique pure, toute physique. Ce qu'il attend, c'est un geste, une main qui l'arrache à l'attraction du vide. Mais la femme demeure impassible, mains dans les poches, et le regard qu'elle darde sur lui a la brutalité d'une gifle. Il s'accroche malgré tout à ce regard, aussi méchant qu'il soit, c'est son unique point de repère l'aidant à conserver son équilibre menacé.

A-t-elle compris sa supplique ? Elle détourne la tête, laisse flâner son regard ailleurs, indifférente. Tiens, la mer là-bas a pris une teinte turquoise, et là vole une mouette, criant sa faim sous les nuages, et là passe un ferry, petite tache noire qui se déplace à vive allure, on dirait un scarabée qui court. Elle sourit, et son sourire s'envole dans le vent.

Elle perçoit un bruit léger. Elle se retourne, il n'y a personne. L'homme a disparu. C'est bien ce qu'elle souhaitait, non ? Quelques secondes s'écoulent, plus longues qu'une vie, et un autre bruit se fait entendre, sourd, lointain, atroce dans sa brièveté et sa platitude.

Elle s'en va, elle accélère tant le pas qu'elle court

presque. Elle ne pense à rien, elle refuse de penser, elle est un caillou qui roule, comme est tombé un autre caillou, tombé dans l'eau avec un vilain bruit mat. Pourquoi, comment penserait-elle ? Elle vient de se déchoir de son humanité.

Séquence

Une lande.

KENT :
– A part ce temps abominable, qui est là ?

LE GENTILHOMME :
– Un dont l'esprit est comme cet orage,
Tout à fait sans repos.

KENT :
– Ah, je sais qui vous êtes. Où est le roi ?

LE GENTILHOMME :
– Il lutte avec les éléments et leur colère,
Il donne l'ordre aux vents de jeter d'un souffle
La terre dans la mer ; ou de gonfler
Haut sur le continent les eaux révulsées
Pour que tout change, ou cesse.

LEAR :
– Mes esprits, qui commencent à chavirer !
Viens, mon petit. Comment vas-tu, mon petit ? As-tu froid ?
Oh, j'ai bien froid moi-même !....

LE FOU :

    – Qui a de l'esprit, tout petit, petit,
    Sous le vent, ohé, la pluie et le vent !
    Vaut mieux qu'il s'arrange pour en êt'content,
    Et même s'il pleut à longueur de vie.

William Shakespeare,
Le Roi Lear,
acte III, scènes 1 & 2.

Fragment 20

De ce qui s'est passé chez Peggy, et en amont sur la falaise de Douvres, Magnus n'a parlé à personne. A Peggy même, il n'a rien dit à l'issue de ce dîner où Timothy s'était invité tel un souffleur fantaisiste dictant du fond de sa fosse le texte d'une tout autre pièce que celle qui était en train de se dérouler. Quand elle a eu cessé de rejouer impromptu la scène imposée, Peggy s'est rassise, a vidé lentement son verre. Ses traits étaient tirés, des cernes ocraient ses yeux. Puis elle s'est à nouveau levée et a commencé à débarrasser la table ; elle est allée chercher dans la cuisine un grand sac en plastique et y a jeté les restes du repas, les assiettes en carton et les verres en cristal, elle a roulé la nappe de damas et l'a également fourrée dans la poubelle. Elle semblait avoir oublié son hôte, procédant au rangement de la salle à manger comme si elle était seule. Magnus a démonté la table à tréteaux et rapporté les deux chaises dans le petit jardin situé derrière la baie vitrée. Une pluie très fine tombait sans bruit, mouillant à peine les feuilles des buissons.

De l'un des jardins avoisinants parvenait le hulu-lement plaintif et monocorde d'un hibou.

Quand tout a été en ordre, Peggy a allumé une cigarette qu'elle a fumée en arpentant la pièce vide. Elle ignorait toujours la présence de Magnus. Alors il lui a demandé où elle comptait dormir, elle ne pouvait pas passer la nuit dans cette maison démeublée. Elle a haussé les épaules en guise de réponse, puis, comme il s'obstinait à attendre, elle a dit : « Partez, maintenant. Je n'ai pas besoin de vous. Je pars demain dans la matinée. Tout est prêt. » Il s'est retiré, mais il est resté longtemps dans la rue, en face de chez elle. Il l'a vue sortir, déposer la poubelle sur le seuil, fermer la porte à clef puis s'éloigner. Il l'a suivie sans se faire remarquer, elle a marché jusqu'à une avenue où elle a hélé un taxi. Et elle a disparu.

Il est revenu vers la maison, a ouvert la pou-belle et en a extrait le damas taché de taches de vin et de sauce, il l'a plié, et l'a emporté ainsi qu'un des deux verres, celui qui était à peine ébréché, l'autre étant brisé.

Voilà cinq mois qu'elle est partie. Elle a envoyé une carte postale à Magnus à l'occasion des vœux de fin d'année, mais sans donner le moindre détail de sa vie à Vienne. Else ne reçoit guère plus de nouvelles.

La maison des Schmalker abrite une nouvelle pensionnaire, Myriam. Elle est venue habiter chez ses grands-parents pour suivre des cours dans une école d'art à Londres, et plus encore pour s'échapper du foyer familial où elle refuse d'assumer le rôle de grande sœur chargée de seconder sa mère auprès des plus jeunes. Elle s'entend mieux avec Hannelore et avec Lothar qu'avec ses parents, ils la traitent comme une fille unique et non comme l'aînée d'une famille nombreuse. Elle s'est installée dans la chambre occupée autrefois par Magnus, et a aménagé un atelier dans la pièce du sous-sol.

Myriam parle peu, surtout devant des inconnus. Lors de sa première rencontre avec Magnus, elle ne dit pas trois mots, mais son regard scrute intensément son interlocuteur. Un regard de petit fauve, droit et brutal, et en même temps d'animal effarouché, aiguisé de méfiance. Hannelore dit de sa petite-fille qu'elle est comme un rayon de soleil dans leur maison, mais un soleil capricieux qui jette parfois des boules de lumière noire, glacée, quand son travail ne la satisfait pas, n'est pas à la hauteur de ce qu'elle désirait exécuter ; alors elle détruit l'œuvre jugée trop faible, indigne du rêve qui l'avait suscitée.

La lumière du jour, elle, se dérobe lentement aux yeux de Lothar. Depuis quelque temps, il souffre de vertiges, sa vue décline, sa voix s'essouffle vite. Magnus lui propose, lors de ses visites, de lui faire la lecture. « Désormais, dit Lothar, je ne peux plus rester en tête à tête avec l'auteur d'un livre, il me faut chaque fois un lecteur, ou une lectrice, et ainsi nous sommes trois. Les inflexions de la voix de l'intermédiaire entre l'auteur et moi se répercutent sur le texte, et alors j'entends des nuances que je n'aurais peut-être pas su déceler en lisant en silence, solitairement. Cela réserve parfois d'étranges surprises... » Pour mieux être surpris, il lui arrive de demander à chacun de ses médiateurs de lui lire les mêmes pages d'un livre – pages qu'il finit par connaître par cœur, mais de façon polyphonique, et du coup ce « par cœur » devient tremblé, il se distend et s'emplit d'échos, de questions, de murmures inattendus. Il procède de la sorte aussi bien avec des textes bibliques que littéraires, des poèmes que des articles du journal du jour, et selon que la voix est celle de Hannelore, de Myriam, de Magnus ou d'une autre personne encore, les mots résonnent différemment. La voix de Hannelore ralentit et s'assourdit imperceptiblement quand un passage remue en elle des doutes et des tourments ; celle de Myriam martèle soudain d'un ton sec les mots des phrases qui à l'évidence la courroucent, la révoltent ; celle de Magnus ponctue d'infimes pauses les phrases qui le troublent, ou dont le sens lui résiste, comme s'il essayait de les apprivoiser.

Pendant un temps, Lothar revient sans cesse au « Sermon sur la montagne » tel qu'il est rapporté dans l'Évangile de Matthieu, et aux nombreux commentaires qui en ont été proposés, dont celui de Dietrich Bonhoeffer dans son livre *Le Prix de la grâce*, paru en Allemagne peu de temps avant que les Schmalker n'aient été obligés de s'exiler à Londres. Quand Magnus lit des pages de cet auteur à Lothar, il sait que ce dernier n'écoute pas seulement un texte, mais la parole d'un homme qu'il a connu, estimé et admiré, d'un vivant qui a payé de sa vie le prix non négociable de « la grâce qui coûte ». Qui a payé de sa vie alors dans la force de l'âge, de la pensée et de l'amour, le prix intransigeant de la grâce au bout de la corde d'une potence dressée à l'aube dans un camp de concentration sur ordre du Führer lancé du fond de son bunker où il allait lui-même se donner la mort trois semaines plus tard. Magnus impose à sa voix un ton neutre, pour s'effacer devant celle de l'ami disparu et laisser Lothar en dialogue avec cet ami et maître. Et, tout en s'appliquant dans sa lecture, il écoute le souffle du vieil homme dont *le timbre* s'altère graduellement au fil de son écoute, se scande de soupirs discrets – qui trahissent moins une émotion, un assentiment ou un désaccord qu'une pensée cheminant au même pas que celle de l'auteur et faisant halte, par instants, au bord d'un mot, d'une idée, d'un désir, d'une fulguration de sens. Ou d'un à-pic de sens, comme cette phrase de Bonhoeffer en écho à l'appel à ne pas s'ériger en juge – « *Si, en jugeant, ce qui m'importe réellement était l'anéantissement du mal, je chercherais le mal là où il me menace réellement : en moi-même.* »

Éphéméride

Dietrich Bonhoeffer

– né le 04. 02. 1906 à Breslau. Sixième enfant (d'une fratrie qui en comptera huit) de Karl Bonhoeffer, professeur de psychiatrie et de neurologie, et de Paula, née von Hase.

– 1923-1927 : études de théologie à Tübingen, puis à Berlin.

– 1927 : soutient sa thèse de doctorat à Berlin, intitulée *Sanctorum communio. Une recherche dogmatique sur la sociologie de l'Église.*

– 1928-1929 : vicaire à Barcelone de la paroisse protestante de langue allemande.

– 1930 : rédige sa thèse d'habilitation, intitulée *Acte et être.*

– septembre 1930-juin 1931 : bourse d'études aux États-Unis (à l'Union Theological Seminary de New York).

– 1931 : aumônier des étudiants à la Technische Schule de Charlottenburg. En septembre, participe à la conférence œcuménique de Cambridge (est élu secrétaire au sein de la World Alliance for Promoting Friendship through the

Churches). Le 15 novembre, est consacré pasteur en l'église St. Matthaüs de Berlin.

– 1933 : Hitler accède au pouvoir. D. Bonhoeffer mesure d'emblée la malignité foncière de ce Führer que l'Allemagne accueille comme un sauveur, et il dénonce publiquement le danger que « l'image du chef ne glisse vers l'image du séducteur... Le chef et sa fonction se déifieront en une caricature de Dieu ». Il dénonce de même la haine raciale et la persécution des juifs, étendue aux chrétiens d'ascendance juive. « L'exclusion des judéo-chrétiens hors de la communauté détruit la substance de l'Église du Christ. [...] L'Église n'est pas la communauté de ceux qui sont de la même espèce, mais elle est celle des étrangers qui ont été appelés par la Parole. Le peuple de Dieu est un ordre au-delà de tous les autres. [...] "Le paragraphe sur les Aryens" [promulgué le 7 avril 1933] est une hérésie et détruit la substance de l'Église » (tract rédigé en août 1933).

– octobre 1933-avril 1935 : ministère paroissial à Londres.

– 1935-1937 : dirige un des séminaires pastoraux créés par l'Église confessante (séparée de l'Église allemande totalement corrompue par sa collaboration avec le pouvoir nazi) à Zingst, puis à Finkenwalde, en Poméranie. L'autorisation d'enseigner à l'université lui est retirée en 1936.

– 1937 : publication de son ouvrage *Nachfolge* (*Le Prix de la grâce*). En octobre, la Gestapo ferme les séminaires pastoraux ; arrestation de plusieurs anciens séminaristes de Finkenwalde.

– 1938 : premiers contacts avec le milieu de la résistance militaire qui s'organise autour de Ludwig Beck, auquel se joignent Hans Oster, Wilhelm Canaris, Karl Sack... Son frère Klaus Bonhoeffer, ses beaux-frères Rüdiger Schleicher et Hans von Dohnanyi s'impliquent également dans la résistance intérieure. « Il y a une vérité satanique. Sa nature consiste à nier, sous l'apparence de la vérité, tout ce qui est réel. Elle vit de haine de la réalité et du monde créé et aimé par Dieu. Si on appelle menteur celui que la guerre oblige à tromper, le mensonge acquiert une consécration morale et une justification en contradiction absolue avec sa nature. »

– 1939 : parution de son livre inspiré par l'expérience du séminaire de Finkenwalde – *De la vie communautaire*. Se rend à Londres, puis aux États-Unis, mais écourte son séjour et revient en Allemagne par le dernier bateau, juste avant que la guerre ne soit déclarée.

– 1940 : interdiction de s'exprimer en public et obligation d'informer la police de tous ses déplacements. Il travaille à son grand ouvrage, l'*Éthique*, qui ne sera publié qu'après sa mort grâce à son ami Eberhard Bethge. Participe activement au mouvement de résistance politique.

– 1941-1942 : interdiction de publier. Il accomplit (sous couvert de relations œucuméniques) plusieurs voyages, en Suisse, en Norvège, en Suède, dans le cadre de ses activités de résistant. En novembre 1942, il se fiance avec Maria von Wedemeyer.

– 1943-1945 : le 5 avril 1943, il est arrêté par la Gestapo, ainsi que sa sœur Christine et son beau-frère Hans von Dohnanyi, et emprisonné à la prison militaire de Tegel. Jusqu'en août 1944, il continue à lire, à étudier, à écrire – lettres, notes, esquisses de projets ... « Maintenant, je demande dans mes prières tout simplement la liberté. Il y a une résignation qui n'a rien de chrétien. Nous autres chrétiens n'avons pas à rougir d'éprouver un peu d'impatience et de nostalgie, un grand désir impérieux de liberté, de bonheur terrestre et d'efficacité, résistant ainsi à ce qui est contre nature » (lettre de prison, du 18.11.1943).

– après l'échec de l'attentat de von Stauffenberg contre Hitler, le 20 juillet 1944, la Gestapo découvre des documents prouvant son implication dans la conjuration. Son frère Klaus et son beau-frère Rüdiger Schleicher sont arrêtés à leur tour. Le 8 octobre 1944, il est transféré dans la prison souterraine de la Gestapo de la Prinz-Albrecht Strasse à Berlin ; le 7 février 1945, il est conduit au camp de concentration de Buchenwald, puis à celui de Regensburg, et enfin à celui de Flossenburg.

– le 9 avril 1945, il est exécuté, en même temps que le général Hans Oster, l'amiral Wilhelm Canaris, l'avocat Theodor Strünk, le juge Karl Sack et le capitaine Ludwig Gehre. Hans von Dohnanyi est tué à Sachsenhausen, Klaus Bonhoeffer, Rüdiger Schleicher et un autre complice, F. J. Perels, à Berlin.

« L'idée de la mort nous est devenue de plus en plus familière ces dernières années. [...] Il ne serait pas juste de dire que nous aimerions mourir, bien que personne n'ignore une certaine lassitude, qu'on ne doit laisser s'installer sous aucun prétexte. Pour abandonner, nous sommes trop curieux : nous aimerions voir d'abord à quoi sert notre vie brisée. Nous ne sublimons pas la mort, car la vie nous est trop précieuse. [...] Nous aimons encore la vie et pourtant je crois que la mort ne peut plus nous surprendre. Depuis les expériences de la guerre, nous osons à peine avouer notre désir qu'elle ne nous frappe pas par hasard, subitement, à l'écart de l'essentiel, mais dans la plénitude de la vie et pleinement engagés. Ce ne seront pas les circonstances, mais nous-mêmes qui ferons de notre mort une mort pleinement consentie » (écrit fin 1942).

Fragment 21

Un jour enfin il se décide à porter chez le teinturier le damas qu'il avait extirpé de la poubelle déposée par Peggy devant sa maison désertée. Quand il le rapporte chez lui, il le déplie pour vérifier si le nettoyage lui a rendu son aspect satiné et sa teinte ivoire. Les taches de vin et de sauce ont été effacées, mais pas complètement, elles se sont diluées en auréoles discrètes, rose pâle et ambrées, qui se superposent aux motifs du tissu. Elles évoquent de vagues efflorescences, des fleurs fanées affleurant dans la brume du matin.

Pour avoir longuement observé ces esquisses florales, en avoir suivi le contour incertain du bout du doigt, il les retrouve dans ses rêves la nuit suivante.

Il revoit Peggy telle qu'elle était lors de leur dernière rencontre : vêtue de sa robe claire et fluide, constellée de fleurs et de papillons miniatures. Et soudain, comme dans ses rêves d'adolescent où il brûlait de désir pour Peggy, il la voit qui commence à se balancer, à tourner en cercles – non pas de plus en plus rapides, mais de plus en plus amples –, et sa robe se met à tanguer doucement, à se soulever, à s'ouvrir en large corolle. La voilà qui flotte, cette robe parsemée de petites fleurs et d'insectes, elle flotte à mi-hauteur du corps, nimbant le ventre blanc, les hanches minces, les fesses nues, d'un doux rayonnement. Le sexe n'a plus, comme autrefois, la forme d'un chardon solaire, mais celle d'une pivoine close sur d'innombrables pétales.

Et voici que les fleurs se détachent du tissu, que les papillons s'envolent et dansent au ralenti ; la robe s'évapore, seul demeure un nimbe laiteux veiné de stries jaune orangé autour de la taille de la femme nue. Ses seins sont beaux, menus et d'une parfaite rondeur, leurs aréoles ont la couleur de noisettes fraîches et les mamelons eux-mêmes ressemblent à l'amande de la noisette. La peau est piquetée de petites taches de rousseur, à moins que ce ne soit des ocelles d'ailes de papillons.

La pivoine s'entrouvre dans un frémissement de pétales, à peine. Et le rêve s'arrête sur cet inachèvement.

Non, le rêve ne s'arrête pas, il dévie, se transforme. Peggy a disparu, ou plutôt son corps s'est estompé à la limite de l'invisible, un peu comme les taches délavées sur le damas sont devenues des sortes de buées à peine colorées, des idées de

194

fleurs. Seule demeure la pivoine, pareille à un poing qui s'entrouvre, se referme. Non, pareille à un cœur qui bat.

Il ne voit plus Peggy, il devine juste un cœur qui palpite dans le vide, à fleur d'un brouillard laiteux. Et il entend les coups sourds, monotones, de ce cœur en suspens. Plus son rêve se dépouille visuellement, et plus il se fait sonore.

Suffit-il de rêver de quelqu'un pour que cette personne à son tour se souvienne de vous et refasse signe après un long silence ? Toujours est-il qu'une semaine plus tard Magnus reçoit une lettre de Peggy. Pendant tous ces mois, écritelle, elle est restée accablée par ce qui s'est passé au cours du dîner chez elle, ce « chez-elle » qui ne l'était déjà plus. Accablée – mais de quoi, au juste, se demande-t-elle : de honte redoublée d'avoir dû avouer celle qu'elle portait depuis la mort de Tim, de remords pour avoir été fautive de cette mort, de son incapacité à expliquer quoi que ce soit au sujet de cette tragédie, ou de stupeur devant l'étrange phénomène survenu ce soir-là en présence de Magnus, et qu'elle ne comprend toujours pas ? Elle ne croit ni aux fantômes ni aux maisons hantées, mais elle croit à la force des sentiments quand ils montent à l'aigu, qu'ils soient bons ou mauvais, à la puissance des émotions, surtout si elles sont violemment celées, à l'énergie de certaines pensées, surtout si elles sont farouchement tues. La chair, alors, saturée de toute cette énergie captive, et le cœur trop meurtri de non-dits, de mensonges, de peurs, de regrets finissent par crier, à bout de souffle, tout cela qui ne pouvait, qui ne voulait pas être dit. Oui, pendant des mois elle a vécu dans l'hébétude de cette stupéfaction, tout en s'efforçant de sauver la face devant ses collègues et ses élèves de l'institut où elle enseigne. Mais, il y a trois jours, le poids qui l'oppressait est tombé, l'angoisse qui l'étreignait en permanence s'est desserrée, d'un coup. Elle ne sait ni pourquoi ni comment, et ne cherche pas à savoir. Elle constate juste ce changement, cet allègement ; ce début de délivrance. Sans pour autant oublier, renier, dénier quoi que ce soit de ce qui est advenu – sa responsabilité dans la mort de Tim, son progressif écœurement de lui devenu répulsion, puis haine froide, funeste. Avez-vous connu cette lente défiguration de l'amour ? demande-t-elle à Magnus, et aussitôt elle ajoute qu'elle espère que jamais il n'a eu à connaître cela, ni n'aura à le subir.

Et depuis ces trois jours, poursuit-elle dans sa lettre, elle a l'impression d'avoir fait plus de chemin qu'en plusieurs décennies. L'impression de se remettre en mouvement, en marche devant elle-même, sans plus chercher à camoufler sa faute dans son dos mais en la portant dans ses bras ainsi qu'un petit animal blessé à mort, certes, mais qu'elle ne désespère cependant pas de sauver.

C'est pour lui dire tout cela qu'elle lui écrit aujourd'hui, et le remercier d'avoir, consciemment ou non, porté à incandescence la folie qui brûlait en elle jusqu'à la faire éclater, la consumer. Et tant pis, ajoute-t-elle, si ce *tout cela* qu'elle vient d'essayer de relater lui semble confus, elle tenait à lui en faire part.

Enfin, elle lui dit que si l'envie le prend de venir un jour à Vienne, elle serait ravie de le revoir. Elle précise même qu'elle loue un appartement assez vaste pour recevoir des hôtes.

Sa lettre se termine sur cette invitation à la fois chaleureuse et imprécise. Magnus ne tarde pas à la rendre précise, il décide d'aller à Vienne dès le mois suivant.

Séquence

« Un bœuf gris de la Chine
Couché dans son étable,
Allonge son échine
Et dans le même instant
Un bœuf de l'Uruguay
Se retourne pour voir
Si quelqu'un a bougé.
Vole sur l'un et l'autre
A travers jour et nuit
L'oiseau qui fait sans bruit
Le tour de la planète
Et jamais ne la touche
Et jamais ne s'arrête. »

Jules Supervielle,
« Un bœuf gris de la Chine... »,
Le Forçat innocent.

Fragment 22

La première fois qu'ils se sont trouvés nus l'un face à l'autre, Magnus a senti le sol se dérober sous ses pieds. Tous ses rêves d'autrefois se sont amassés d'un coup en un bloc compact qui a fracassé la réalité enfin advenue. Le corps de Peggy lui était déjà si intime que ce soudain dévoilement lui a fait l'effet d'une absurdité, d'une violence. Et son désir d'elle s'est affolé au point de se renverser en impuissance. Son propre corps a failli.

Couché tout contre elle sur le lit, à peine osait-il la regarder, la caresser. Sa vue se brouillait, les images de la nudité de Peggy contemplées dans ses rêves se superposaient à la vision, bien réelle, qui s'offrait à lui, elles ondoyaient sur sa peau, la rendant intouchable. Peggy lui a pris la main et l'a posée contre sa poitrine, l'y mainte-nant avec douceur. Elle ne disait rien, elle lui souriait, attendant que s'apaise l'émotion qui l'immobilisait et le faisait frissonner. Mais cette émotion est allée croissant, Magnus sentait sa main s'alourdir, se souder presque au sein de Peggy. Et son sens du toucher s'est confondu avec celui de l'ouïe, sa paume entendait les battements du cœur et ces pulsations ont irradié à travers tout son corps qui n'était plus qu'écoute et résonance. Il tremblait comme sous l'effet d'une forte fièvre.

Ce cœur qui battait sous sa paume, qui sonnait dans son sang, n'était plus seulement celui de Peggy, c'était un palimpseste sonore – le cœur de May y lançait de confus échos, envoyait un appel, un rappel.

Il avait fait l'amour avec d'autres femmes, depuis la mort de May, mais aucune n'avait provoqué un tel sursaut de mémoire. Des femmes brièvement désirées, très fugacement et légèrement aimées ; des maîtresses sans lendemain, pourvoyeuses de jouissance et d'oubli, inoffensives à l'égard de celle, la vivace, qui avait enchanté ses jours pendant dix années. May avait laissé en déshérence sa place d'amie, d'amante et de complice. Une place hissée très haut, inatteignable : là-haut, dans le nu du ciel, dans le bleu du vide, dans l'effroi du silence et des cendres.

Or voilà que cette place béante se mettait soudain à vaciller, et à la question qui depuis des années le tourmentait – « May m'a-t-elle aimé ? Et moi, l'ai-je aimée ? Ai-je jamais aimé qui que ce soit ? » – Magnus a reçu une réponse : un oui profond et calme. Il a pleuré sans bruit, longuement. Et ses larmes en coulant ont mouillé le drap, les cheveux de Peggy, elles ont mouillé aussi la rumeur qui emplissait sa paume et pulsait dans sa chair, la rendant un peu chuintante. Peggy a approché son visage tout près du sien et a embrassé ses yeux, puis elle a léché ses larmes à la façon d'un petit chat. En lapant ainsi, elle a ri, puis elle a fredonné une chanson.

Alors le cœur palimpseste a révélé d'autres sonorités encore, plus assourdies que les précédentes ; elles se déployaient en ondes ténues, à peine perceptibles, comme si elles remontaient de loin, de l'amont de son âge. D'avant même sa naissance, peut-être, du temps où son corps se formait lentement dans la nuit liquide du corps de sa mère.

Et il s'est endormi, la main échouée sur le sein de Peggy. Quand il s'est réveillé, tout écho s'était tu en lui, aucune pensée ne retenait ses gestes, son désir était libre. Et son corps cette fois n'a pas failli à son désir.

Cette scène s'est déroulée il y a déjà plusieurs années, mais elle continue de brûler en sourdine dans la mémoire de Magnus ainsi qu'une flammèche en veilleuse permanente. Il peut dater et situer cette scène – un soir de juin 1974 dans l'appartement de Peggy à Vienne. Mais comme cet événement était l'éclosion d'un désir ancien, longtemps ressassé, puis oublié, peu à peu ravivé, et de nouveau meurtri, égaré, il le ressent comme intemporel, à la fois lointain et très proche, toujours vif.

Ils n'ont plus jamais évoqué le drame survenu sur la falaise de Douvres, et Magnus ne parle guère de son propre passé. Chacun porte son poids de temps dans la discrétion ; rien n'est renié ni effacé, mais ils savent qu'il est vain de vouloir tout raconter, qu'on ne peut pas partager avec un autre, aussi intime soit-il, ce que l'on a vécu sans lui, hors de lui, qu'il s'agisse d'un amour ou d'une haine. Ce qu'ils partagent, c'est le présent, et leurs passés respectifs se décantent en silence à l'ombre radieuse de ce présent.

Le jour où ils se sont rendus dans la crypte de l'église des Augustins, cette pudeur fatale qui se tisse autour des passions consommées, par impossibilité de les traduire avec justesse, dans toutes leurs nuances, leur intensité et leurs contradictions, leur est soudain apparue de façon pathétique en regardant les urnes contenant les cœurs des Habsbourg. Dans une petite alcôve baignée d'une lumière blême et protégée par une grille, une cinquantaine d'urnes en argent ciselé, de tailles diverses, est alignée en deux demi-cercles superposés. Des cœurs qui furent vivants, qui ont battu avec orgueil dans des seins d'impératrices et des torses d'empereurs tout-puissants. Qui ont battu avec ardeur, avec aussi des peurs et des colères, des jalousies, des rêves et des chagrins, des hontes et des espoirs. De ces cœurs seigneuriaux qui tour à tour ont sonné, dans l'or, l'acier, la splendeur et le sang, les heures du Saint Empire romain germanique, il reste désormais une cohorte de vieux muscles ratatinés dans du formol, montant la garde autour du vide. Les vivants aussi recèlent dans un recoin de leur mémoire des reliquaires d'amours, de rancunes, de joies et de douleurs plus ou moins révolues.

Pendant les deux premières années de sa liaison avec Peggy, Magnus est retourné souvent à Londres pour passer du temps auprès de Lothar de plus en plus diminué par la maladie.

Progressivement privé de la vue, de sa voix, et presque autant du pouvoir de marcher, Lothar demeurait assis toute la journée dans son fauteuil près de la fenêtre de son bureau. Mais loin de subir toutes ces infirmités comme autant de privations révoltantes, il en a fait une force abrasive. De sa paralysie il a extrait un sens profond de la patience, de l'attente ouverte sans fin ni mesure ; l'attente qui n'attend rien, sinon l'insoupçonné.

Et son immobilité semblait sereine, tout habitée par une longue méditation.

Dans sa mutité il a goûté la saveur amère du silence intérieur où le langage se dénoue, chaque mot prenant alors un poids nouveau, une résonance élargie. Et son silence était vivant. Dans sa cécité il a découvert une autre façon de voir ; de voir au revers du visible. Une clarté s'est répandue sur ses mains presque inertes et son visage d'aveugle. Son sourire, surtout, s'est fait lumineux. Dès que quelqu'un pénétrait dans son bureau, il tournait son visage vers ce visiteur qu'il reconnaissait avant même qu'il n'ait proféré un mot, à sa manière d'ouvrir la porte, à son pas, et il lui souriait. Beaucoup de choses étaient dites dans ce sourire – tout ce qu'il ne pouvait plus exprimer avec des paroles. Et ce « tout » concentré à l'extrême, épuré jusqu'au rien, mettait à nu le fond de son être : l'intelligence et la pudeur d'une bonté sans souci d'elle-même

Assigné à résidence dans la nuit muette de son corps, il menait en fait un dialogue pluriel : avec les vivants, avec les morts, avec lui-même et bien davantage encore avec la part d'inconnu dont il sentait en lui la présence discrète et cependant souveraine.

Un soir, cette part d'inconnu l'a convoqué tout entier de l'autre côté du visible. Magnus

n'était pas là, il n'est arrivé que le jour de l'enter-
rement.

Le mari d'Erika a prononcé l'allocution funèbre ; il l'a développée autour de deux textes de la
Bible sur lesquels Lothar n'avait cessé de se pen-
cher vers la fin de sa vie – le chapitre 19 du Premier
Livre des Rois où le prophète Élie monte vers
l'Horeb, et le « Sermon sur la montagne » dans
l'Évangile de Matthieu. Deux textes qui invitent
la pensée à opérer un virage à cent quatre-vingts
degrés, qui obligent la foi à se déniaiser radicalement, et l'action découlant de cette rupture spiri-
tuelle à s'effectuer avec autant de souplesse que de
rigueur, de cohérence que de témérité.

Le lendemain des obsèques Myriam lui a remis
une boîte solidement ficelée. « Ne l'ouvrez pas
maintenant, lui a-t-elle dit avec la brusquerie des
gens timides et inquiets, attendez d'être rentré
chez vous. J'ai fait cela pour vous, pour vous
seul. » Devant l'air étonné de Magnus, elle a
précisé : « Ce n'est pas une œuvre, c'est bien plus
que ça. Ou peut-être pire... je ne sais pas. » Puis,
comme il s'apprêtait à la remercier pour ce
cadeau énigmatique, elle l'a interrompu · « Non,
ne me remerciez pas. Attendez de voir de quoi
il s'agit avant de décider s'il y a lieu de me remercier ou de me faire des reproches. Mais je vous

en prie, ne l'ouvrez pas avant d'avoir quitté Londres. Et n'en parlez à personne, surtout pas à mes parents. » Sur ces mots, elle s'est échappée.

Il a respecté le souhait de Myriam et n'a ouvert le paquet que dans l'avion qui le ramenait à Vienne. Mais à peine l'a-t-il entrouvert qu'il l'a refermé. Tout le temps qu'a duré le voyage, il est resté immobile sur son siège, le regard tourné vers le hublot et les mains serrées autour de la boîte posée sur ses genoux.

La mer, en bas, d'un gris d'acier veiné de vert. Puis la terre, là-bas, avec ses villes et ses villages miniatures, ses champs découpés en rectangles bruns ou jaunes, ses forêts sombres et crépues, ses lacs et ses rivières réduits à des flaques étincelantes et des rubans gris argenté. Puis le chaos de roches des montagnes noires et blanches saturées de puissance placide, menaçante. Et les nuages parfois recouvrant tout, parfois se déchirant pour happer le regard dans des trouées vertigineuses.

Et dans la boîte en carton, le masque mortuaire de Lothar.

« Je te présente Lothar, mon frère », avait dit Thea.

Lothar, le frère renié, passé sous silence ; un exilé. Un inconnu surgi de nulle part.

« La vie d'un homme saint consiste plus à recevoir de Dieu qu'à donner, plus à désirer qu'à posséder, plus à devenir pieux qu'à être pieux », déclarait Martin Luther.

Lothar Schmalker n'a rien possédé, et il a donné en abondance son dénuement reçu.

« Nous avons devant nous des journées difficiles. Mais peu importe ce qui va m'arriver maintenant. Car je suis allé jusqu'au sommet de la montagne. Et je ne m'inquiète plus. Comme tout le monde, je voudrais vivre longtemps. La longévité a son prix. Mais je ne m'en soucie guère maintenant », avait annoncé Martin Luther King la veille de son assassinat.

Le pasteur Lothar Benedikt Schmalker a payé le prix de sa longévité en gravissant très lentement la montagne par son versant ombreux.

« Je dois avoir la certitude d'être entre les mains de Dieu et non celles des hommes. Alors tout devient facile, même la privation la plus dure. [...] L'important, c'est que tout ce qui m'arrive trouve en moi la foi... », avait écrit le prisonnier Dietrich Bonhoeffer.

Lothar Benedikt a déposé son infirmité entre les mains – vides – de Dieu.

« Lait noir de l'aube...
Nous creusons une tombe dans les airs... »

« Toutes ces années, sans la moindre nouvelle de toi... », avait dit Lothar à Magnus.

Dorénavant, c'est Lothar qui n'en donnerait plus.

Après la mort de Lothar, le malaise que Magnus ressent à Vienne n'a fait que croître. Certes, la ville est séduisante, elle peut même se montrer ensorceleuse tant son atmosphère est un subtil mélange de mélancolie et d'hédonisme, de conformisme et de légèreté, d'acrimonie et d'ironie, de courtoisie et d'arrogance. Il est inutile d'adresser des critiques aux Viennois, ils le font très bien eux-mêmes, avec autant de mordant que de raffinement. Mais Magnus flaire parfois, ici ou là, au détour d'une conversation surprise dans la rue, dans un café, dans un tramway, des relents de nostalgie pour le grand opéra héroïque du nazisme. Peggy, elle, n'éprouve nullement cette défiance, elle se plaît dans cette ville et pourrait y prolonger indéfiniment son séjour. Après sept années passées à Vienne, elle finit cependant par chercher un poste d'enseignante dans un autre pays, et en obtient un à Rome.

Magnus aime ces périodes de désordre et d'incertitude qui précèdent les déménagements, le temps se désheure, l'espace familier est bouleversé, les habitudes bousculées. De jour en jour les objets disparaissent dans des cartons, et les caisses s'amoncellent le long des murs de l'appartement où les pas et la voix résonnent différemment. Le lieu que l'on s'apprête à quitter se pare soudain du charme de la nostalgie tandis que croît la curiosité pour le nouveau pays où l'on va s'installer ; les contraires s'entremêlent, le désir tourne entre l'ici et l'ailleurs et le présent vibre dans une douce excitation, tendu entre le révolu et l'inconnu.

Les journées sont encore longues et les soirées douces en cette fin d'été. Un après-midi, vers cinq heures, Magnus apporte une bouteille de champagne pour fêter l'achèvement de leurs rangements. Il a étendu sur des caisses la nappe en damas ivoire auréolé de vagues fleurs rosâtres et orangées et disposé deux coupes ainsi qu'un assortiment de pâtisseries dont Peggy est friande. Une rose d'un blanc nacré, au parfum discret, est fichée dans un pot en verre. Cette variété de rose blanche porte le beau nom de Schneewittchen, Blanche-Neige ; elle est aussi parfois nommée Iceberg. L'ourson Magnus fait également partie du décor, il est adossé à la bouteille. Il a un peu vieilli, sa tête penche légèrement vers une épaule, la laine de son museau est rêche, le cuir de ses oreilles et de ses pattes est craquelé, mais ses yeux ont gardé leur doux éclat de renoncules. Il n'a plus de foulard autour du cou, mais une cordelette au bout de laquelle pend un minuscule sac en velours grenat.

Il fait plus que partie du décor, il est associé à la fête du départ, comme il l'a été à toute la vie de son homonyme. Quant au damas, il n'est pas là pour rappeler le pénible dîner d'adieu dans la maison de Londres, mais pour avoir été une paupière s'entrouvrant sur un rêve amoureux devenu pleine réalité. L'heure est au futur, nullement au passé et à ses fantômes.

Quand la bouteille de champagne est vide, Magnus la remplit d'eau et y glisse la tige de la Schneewittchen dont les pétales se teintent d'une légère roseur dans la lumière du crépuscule. Il replace la peluche contre ce vase. Puis il ôte le sachet en velours accroché au cou de l'ourson et le tend à Peggy. Elle ouvre la petite bourse et en extrait un anneau. Un jonc d'or pur finement entaillé en zigzag, et dans cette zébrure, le rougeoiement de rubis incrustés. Elle contemple la bague posée au creux de sa paume comme s'il s'agissait d'une plante ou d'un insecte insolite et non d'un bijou. Magnus prend l'anneau et le passe à l'annulaire de Peggy, mais ce doigt est

211

trop mince, et de même le majeur ; alors il essaie l'index. A ce doigt seulement le jonc d'or ne flotte pas. « Finalement, dit Magnus, ce doigt qui a pour fonction de tout pointer, même à grande distance, et d'indiquer aussi le silence, convient très bien pour porter une alliance de fiançailles perpétuelles. » A l'intérieur du jonc il a fait graver « Toi ». Juste ce mot, qu'il utilise souvent pour s'adresser à Peggy – « Bonjour, Toi », « Au revoir, Toi », a-t-il coutume de lui dire pour la saluer, ou « Allô, Toi ? » quand il lui téléphone. Toi, apostrophe réservée uniquement à Peggy, pronom personnel saturé de désir et chargé d'une grandeur qui n'exclut cependant pas une part de dérision à l'égard de lui-même, Magnus se moquant de sa propre allégresse amoureuse.

Il propose à Peggy d'aller dîner dans un restaurant près de chez eux, mais elle préfère se rendre dans le quartier de Heiligenstadt, de l'autre côté de la ville, où elle n'est plus retournée depuis longtemps. Le trajet est assez long, quand ils arrivent le soir est tombé, des lampions sont allumés dans la cour de l'auberge où ils entrent, et les longues tables en bois installées sous des marronniers sont déjà presque toutes occupées. Peggy inspecte le lieu et repère une petite table au fond de la cour que des clients sont en train de quitter. De son index bagué d'or zébré de rouge translucide, elle désigne la place libre.

Les lampions répandent une lumière légèrement acidulée qui décolore l'ombre des branchages en une brume ocre pâle, chatoie sur les visages des convives et fait briller le vin blanc dans les carafes et les verres. Le vin se nuance de lueurs jaune vif, miel ou paille dorée.

Le vin chantonne à l'aigu dans les verres, en fraîcheur dans les bouches, et bientôt chante en beauté dans quelques gorges enjouées.

Les convives attablés à côté de Magnus et Peggy sont en verve musicale, entre deux palabres ponctuées de rires bruyants ils entonnent des chansons populaires puis passent à des lieder, reviennent à des romances. L'un des chanteurs a une voix ample et profonde, bien qu'un peu voilée par l'âge. Une voix de baryton basse que tous écoutent avec plaisir.

« Qu'est-ce que tu as ? Tu ne te sens pas bien ? » demande Peggy soudain distraite de son écoute. Magnus se tient raide sur le banc face à elle, il est livide, le regard fixe. Il se ressaisit et dit : « Ce n'est rien... le vin, la chaleur... un coup de fatigue. » Il s'efforce à sourire, et ajoute : « Chut, écoute les chants. »

Il ne résiste plus au besoin de regarder celui dont la voix domine toutes les autres, les éclipse. Il se tourne lentement vers la table voisine, cherche le baryton. Il aperçoit un homme de corpulence moyenne, âgé d'environ soixante-dix ans ; une mince couronne de cheveux blancs souligne son crâne bruni par le soleil. Il ne le voit que de trois quarts, il scrute son nez. Ce nez est court, très droit. Mais un nez, cela s'opère, se trafique, pense Magnus. L'homme porte des lunettes à monture d'écaille sombre, de forme rectangulaire. Magnus ne distingue pas ses yeux, ni le dessin de sa bouche à demi cachée par une moustache qui se prolonge en barbe taillée court, dessinant un ovale blanc de la racine de son nez à son menton. Alors il essaie de voir ses mains. Elles sont marquées par l'âge, les veines sont saillantes sous la peau tavelée, mais leur aspect frappe le regard de l'observateur : ces mains sont trapues, leurs ongles impeccablement soignés.

Magnus se lève et se dirige vers un des serveurs, il lui dit qu'il aimerait faire une surprise à sa femme qui apprécie particulièrement le lied de Schubert *Geist der Liebe* ; pourrait-il demander à cet homme qui a une si belle voix s'il connaît ce lied et s'il accepterait de le chanter ? « Ah, ce sacré Walter ! s'exclame le serveur en riant. N'est-ce pas qu'il chante encore rudement bien, et ça, à près de quatre-vingts ans ! Et il n'y a pas que sa voix qui soit restée solide, son goût pour les jolies femmes l'est tout autant ! – Vous le connaissez bien ? Comment s'appelle-t-il ? – Walter Döhrlich. C'est un habitué, il vient souvent ici, il habite dans le quartier. Bon, je vais lui transmettre votre demande. Il sera flatté de chanter pour une belle inconnue. » Magnus revient auprès de Peggy, il se place de façon à mieux voir le dénommé Walter Döhrlich. Le serveur s'approche de celui-ci et lui chuchote quelque chose à l'oreille. L'autre sourit, regarde autour de lui, cherchant certainement la charmante épouse à laquelle est dédié *Geist der Liebe*. Il se lève, pour mieux déployer sa voix, et il se met à chanter.

« *Der Abend schleiert Flur und Hain / In traulich holde Dämmerung...** » L'homme se tient très droit dans la lumière blonde qui tombe du marronnier, sa bouche s'ouvre en grand, en abîme d'ombre et de douceur. Une douceur qui pue la

---

* « Le soir jette sur prairies et bosquets / Le voile intime et doux du crépuscule... »

« Les arbres chuchotent un chant du soir / L'herbe des champs frissonne doucement... »

« L'esprit de l'amour avance et agit partout... »

mort. « *Die Baüme lispeln Abendsang / Der Wiese Gras umgaukelt lind...* » Il esquisse dans l'air des gestes de semeur, au ralenti. Un semeur de sang, d'effroi, de cendres. Magnus revoit le rideau de velours pourpre dans le salon de la maison près de la lande. Et dans les plis du rideau affleure le fantôme d'un petit garçon.

« *Der Geist der Liebe wirkt und strebt...* » La bouche d'ombre cernée d'un ovale blanc module l'incantation à « L'esprit de l'amour ». Chaque mot précieusement articulé frappe Magnus comme une goutte d'acide, il serre les mâchoires, les poings pour retenir une violente envie de crier. Il connaît si bien chacun de ces mots, cette mélodie, pour les avoir souvent entendus autrefois – *Geist der Liebe*, le lied préféré de Thea.

Le rideau s'alourdit, ses plis se font crevasses, longues fosses noir et pourpre au fond desquelles tremblent des silhouettes, par milliers. Peggy écoute, ravie, ce concert improvisé sous les marronniers du jardin de l'auberge ; cette soirée de fiançailles impromptues est un bonheur tout en grâce et volupté, une fête de tous les sens. Elle lève son verre et le fait furtivement tinter contre celui de Magnus avant de le porter à ses lèvres. Elle sourit en reposant son verre, la fossette se creuse à sa joue gauche, ses yeux tilleul brillent. Peggy, premier corps du désir, première bouche

216

embrassée, corps perdu, retrouvé, enfin étreint et pénétré, caressé, exploré, et demeuré désir. Peggy, lied charnel, la chair de l'amour même.

« *Ein Minneblick der Trauten hellt / Mit Himmelsglanz die Erdenwelt**. » La bouche nocturne se referme lentement, comme à regret, dans un soupir sensuel. Assurément, le vieux monsieur à couronne et barbiche blanches a chanté avec talent, avec une flamme suave dont le feu s'est répandu délicatement à travers le jardin, charmant tous les clients de l'auberge, et une cascade d'applaudissements ponctuée de quelques joyeux « bravos ! » salue sa performance. Ce brouhaha de fin de concert dégrise d'un coup Magnus — le rideau disparaît, sa mémoire reflue, son émoi retombe et tout en lui fait silence. Certainement s'est-il trompé, a-t-il été le jouet d'une confusion qui s'est exacerbée en hallucination ; ce fringant septuagénaire amateur de lieder n'est pas, ne peut pas être l'ancien Obersturmführer de la SS Clemens Dunkeltal, malgré quelques ressemblances il est vrai très troublantes. Dunkeltal le fuyard est mort en lâche dans le port de Veracruz il y a plus de trente ans. Magnus se rassure, il chasse ses soupçons, et

---

* « Un tendre regard de la bien-aimée / Illumine le monde d'un éclat céleste. »

217

enfin se détend. « C'est à ton intention qu'il a chanté ce lied », dit-il à Peggy, et il lui raconte sa démarche auprès du serveur. Mais il n'avoue pas la véritable raison de cette démarche, et quand Peggy, radieuse, rit de ce soi-disant subterfuge amoureux, il se sent assez minable.

Le succès remporté par le vieux baryton basse a relancé l'animation autour de la table où il est assis ; le héros trinque à la ronde, tout épanoui. Soudain Magnus, qui ne lui prête plus l'attention fébrile qu'il lui a portée durant tout le temps qu'a duré le chant, remarque un homme venu se planter derrière Walter Döhrlich. Un homme proche de la quarantaine, aux cheveux bruns coiffés en brosse, au visage glabre. Il a posé une main sur l'épaule du chanteur ; on devine dans son geste autant de fierté que d'affection. Celles d'un fils pour son père. Ce qu'ils sont, d'après les propos qu'ils échangent. La ressemblance entre cet homme, prénommé Klaus, et Walter Döhrlich n'est pas patente, en revanche elle est flagrante entre lui et Clemens Dunkeltal tel que celui-ci paraissait au même âge. Hormis les cheveux, que l'un avait plutôt clairs et fins tandis que l'autre les a bruns et drus, tout le reste concorde : même corpulence, même port de tête, mêmes nez busqué et bouche à lèvres minces, même pli oblique entre des sourcils arqués, même menton carré. Le vieux Dunkeltal à présent déplumé, au nez raboté et au menton savamment arrondi par un bouc bien taillé, n'aura, malgré son zèle de dissimulateur, fait le travail qu'à moitié – il a omis de transformer les inflexions de sa voix lorsqu'il chante et son accent allemand quand il parle, et n'a pas pris garde au fait que son fils est devenu son miroir en temps décalé. Et le voilà trahi par ce dont il est le plus fier, sa voix de séducteur et son bâtard bien-aimé, le Klautschke du zoo de Berlin.

Un grand calme se fait en Magnus, comme s'il avait consumé toute sa rage et son émotion pendant le chant. Le choc de la surprise est amorti et le soupçon, un instant retombé, remonte en force, frôlant la certitude. Mais il faut un dernier indice, incontestable, pour fonder sa conviction. Magnus demande à Peggy si elle peut trouver un morceau de papier dans son sac à main. Elle détache une feuille d'un petit carnet et la lui tend, ainsi qu'un stylo. Il écrit quelques lignes sur ce papier, le plie en quatre, puis propose à Peggy de rentrer. Il fait commander un taxi qu'ils attendent devant l'auberge. Dès qu'il voit la voiture arriver, il feint d'avoir oublié le stylo sur la table, dit à Peggy de l'attendre dans le taxi, et s'empresse de retourner dans le jardin. Il donne un pourboire au serveur et le prie de jouer à nouveau son messager auprès de Walter Döhrlich. Il se poste non loin de la table des Döhrlich, près d'un marronnier dont les branches basses rendent sa présence plus discrète, pour observer la scène sur le point de se dérouler.

Le serveur remet le pli à son destinataire, qui le prend en riant. Il brandit ce message en insinuant qu'il doit s'agir d'un billet doux de la part de la belle inconnue charmée par son chant. Le vieux cabotin se prend pour Orphée et toute la tablée se met à plaisanter. Il déplie le billet, en parcourt le contenu. Aussitôt son sourire se fige, son visage vire au blême, ses traits se plombent. Les convives s'en aperçoivent et leurs badinages s'arrêtent net. Il redresse brusquement la tête, le menton devenu saillant. Il broie le papier dans son poing, puis d'un geste sec il arrache ses lunettes et scrute l'espace autour de lui, les yeux plissés de fureur. Mais il y a aussi de la frayeur dans son regard d'imposteur démasqué. Le regard de Clemens Dunkeltal du temps de sa fuite à la fin de la guerre. Le regard, comme la voix, est une signature infalsifiable. Magnus tient la preuve qu'il cherchait. Il s'esquive et s'empresse de rejoindre Peggy dans le taxi. Il lui rend le stylo qu'il avait enfoui dans sa poche. Il prend soin d'indiquer au chauffeur un quartier éloigné de celui où ils habitent, expliquant à Peggy qu'il désire faire encore un tour dans le centre de la ville.

Il ne dit rien de ce qui vient de se passer, il est trop sidéré – non d'avoir vu un spectre, mais un salaud bien vivant et bon vivant, un bloc de chair brute louvoyant dans le temps avec une avidité et un cynisme inexhaustibles. Un salaud d'extrême ampleur qui n'en appartient pas moins à la commune humanité. Il ignore encore ce qu'il va faire, il ressasse les mots qu'il a griffonnés en hâte sur le bout de papier, cherchant quelle tournure donner à la menace confuse qu'il y a formulée.

Il serre la main de Peggy dans la sienne pendant tout le trajet pour rester en contact avec l'humanité côté jour et beauté.

Notule

« Vous chantez encore très bien, Docteur Clemens Dunkeltal, pour un homme mort depuis plus de trente années. Il est vrai que vous avez plusieurs voix de rechange : celles d'Otto Keller, de Helmut Schwalbenkopf, de Felipe Gómez Herrera. Et de quelques autres encore, peut-être. Sans compter, bien sûr, les voix volées à vos milliers de "patients" de Dachau, de Sachsenhausen, de Gross-Rosen et de Bergen-Belsen.

Toutes ces voix-là, Docteur Clemens Dunkeltal, auraient beaucoup à dire sur votre "esprit de l'amour". Soyez assuré qu'elles le diront à la face du monde. Très prochainement.

Car il serait dommage, n'est-ce pas, qu'un talent aussi grand que le vôtre demeurât inconnu ?

A très bientôt, donc. »

Le message qui lui a été remis et qu'il a ins-
tantanément réduit à une petite boule de papier,
Clemens Dunkeltal s'est juré de le faire avaler à
son auteur. Et cet auteur, à défaut de connaître
son nom, il ne tarde pas à le localiser. Il ne révèle
pas à ses convives le contenu du billet qu'il qua-
lifie juste de mot injurieux de la part d'un client
à l'évidence allergique à son chant, mais il s'informe auprès du serveur. Celui-ci ne comprend
pas ce qui se passe. « C'est ce même homme,
pourtant, qui a réclamé *Geist der Liebe* pour faire
plaisir à sa femme, raconte-t-il, et il en semblait
très satisfait... » Alors intervient une jeune fille
placée au bout de la table. « La femme, ce n'est
pas cette rousse en robe à pois bleus et noirs qui
se trouvait là-bas ? » Le serveur acquiesce. « Je la
connais, continue la jeune fille, c'est une
Anglaise, elle est prof, j'ai suivi ses cours il y a
deux ans. » Et la jeune fille s'amuse à babiller en
anglais, ce qui détourne l'attention de l'incident
finalement sans grand intérêt. Mais le fils Dunkeltal, qui a deviné que l'incident est d'importance, s'enquiert du nom de cette charmante

professeur d'anglais au mari ombrageux. Margaret MacLane. Aussitôt ce nom obtenu, il propose à son père de le raccompagner chez lui, prétextant la fatigue.

Un taxi dépose un couple dans une petite rue proche des thermes d'Oberlaa, et s'en va. La rue est déserte à cette heure tardive, l'air a à peine fraîchi. Magnus s'immobilise un instant sur le bord du trottoir pour chercher ses clefs dans sa poche. Il tourne le dos à la chaussée, tandis que Peggy, debout à ses côtés, lui fait face. C'est alors qu'elle voit une voiture, qui se tenait embusquée tout près, foncer sur eux. Elle crie et pousse Magnus, toujours occupé à fouiller ses poches, avec tant de force qu'il fait un bond de côté, juste assez pour n'être que frappé à la hanche par le bolide. Il tombe à la renverse au milieu des poubelles alignées à cet endroit. Dans sa chute il entend un double bruit, un sourd et un strident, d'une égale intensité – le bruit d'un corps heurté et projeté en l'air, le cri suraigu proféré par ce corps. Étendu sur le dos, étourdi par le choc, il voit une image ahurissante, absurde : Peggy tomber du ciel et s'écraser sur l'asphalte à trois mètres de lui. La voiture ne s'arrête pas, ne ralentit même pas. Mais une poubelle a roulé sur la chaussée, le véhicule fait une embardée, une de ses roues cogne contre le bord du trottoir, il poursuit néanmoins sa course. Il file si vite que son conducteur en perd le contrôle au moment de tourner au coin de la rue et là, il dérape et va s'écraser contre un réverbère.

Magnus voudrait se lever, mais il n'y parvient pas. Il se sent cloué au sol par une douleur qui brûle dans sa hanche. Il appelle Peggy, recroquevillée dans le caniveau. Il se traîne jusqu'à elle en rampant. Des gens sortent de l'immeuble et accourent vers eux, il ne distingue que des pieds autour de lui, au loin retentit une sirène de police, ou d'ambulance. Il tend la main vers Peggy, touche ses cheveux. Ils sont mouillés et rougissent le bout de ses doigts. Des voix parlent au-dessus de lui, mais il ne comprend pas ce qu'elles disent, il n'écoute que le souffle chuintant de Peggy. Leurs visages sont tout proches, il voit les lèvres de Peggy bouger faiblement. « Tim ?... » murmure-t-elle ; son ton est à la fois plaintif et interrogatif.

De la voiture fracassée contre le réverbère, on extrait deux hommes. Le conducteur est mort, tué sur le coup, le torse défoncé contre le volant, le visage lacéré par les éclats du pare-brise. Son passager, lui, est grièvement blessé ; au creux d'une de ses mains, devenues molles et inertes, on trouve une boulette de papier. Personne ne s'en soucie, le papier froissé tombe parmi les bris de verre, de métal, les flaques de sang.

Peggy MacLane et Klaus Döhrlich sont portés en terre le même jour, dans deux cimetières différents de la ville. Ni Magnus ni le vieux Döhrlich n'assistent à ces enterrements, tous deux sont à l'hôpital. Le premier a une hanche et un fémur fracturés, le second la colonne vertébrale brisée.

Dans l'appartement à l'abandon, près des thermes d'Oberlaa, la poussière poudroie sur les caisses, sur les verres poisseux et le damas. La Schneewittchen dresse sa tige nue dans le vide, ses feuilles et ses pétales séchés forment un délicat éboulis sur la tête de l'ourson Magnus, et autour du bouchon de champagne renversé entre ses pattes.

« Magnus ?... Qui est Magnus ? » avait demandé May.

Magnus est un ourson au pelage élimé, couvert de pétales de rose racornis et friables. Il émane de lui une fade odeur de poussière. Schneewittchen, s'appelait la rose.

Magnus est un homme d'une quarantaine d'années, large d'épaules, au visage anguleux. Il boite d'une jambe. Il émane de lui une impression de robustesse et d'accablement, de solitude extrême. Iceberg, est l'autre nom de la rose.

« Solitude au grand cœur encombré par les
glaces... »

« Avez-vous connu cette lente défiguration de l'amour ? » avait demandé Peggy dans une lettre.

Non, pas la défiguration. Magnus n'a connu de l'amour que l'attente affolée, les doutes et les affres, et les éblouissements. Beaucoup d'éblouissements. Et l'à-pic du deuil, le foudroiement de la perte, par deux fois. Mais la seconde fois, c'est lui qui a ouvert le gouffre

« J'espère que vous n'avez jamais eu à connaître cela, ni n'aurez à le subir », avait-elle ajouté.

Il a fait pire que laisser l'amour s'écœurer jusqu'à la répulsion – il l'a livré tout vif au massacre,
par inadvertance et fureur au nom d'une haine
rassise devenue soudain fulgurante, forcenée.
Une haine plus forte que son amour.

« Mes esprits, qui commencent à chavirer !
Viens, mon petit. Comment vas-tu, mon
petit ? As-tu froid ?
Oh, j'ai bien froid moi-même... »

« Et May, qu'est-elle devenue ? Et Peggy ?
Sont-elles restées à Comala ? »

May, ta longue tresse noire, Peggy, tes cheveux
d'or roux.
Elle, et Toi, vous vous tenez là-bas, ailleurs,
nulle part, chacun à notre niveau :
Que comptez-vous faire comptez-vous faire ?..
*Laisser le Temps passer, jusqu'à ce que mon tour
vienne.*

*« Lait noir de l'aube...
Nous creusons une tombe dans les airs... »*

Quand Magnus sort de l'hôpital, affublé d'une canne, l'automne est déjà bien avancé. Son infirmité va lui valoir de toucher bientôt une pension. Ainsi se solde le dramatique accident dont il a été victime. Car tel est classé le forfait – un accident, non un assassinat.

Il n'y aura pas de procès. Clemens Dunkeltal ne sera jugé ni pour son dernier meurtre ni pour ses innombrables crimes perpétrés dans le passé. Du fond de son fauteuil d'invalide, il vient d'en commettre un ultime en se faisant administrer par l'un de ses fidèles amis un poison qui lui permet de quitter sournoisement la scène sous le masque du charmant monsieur Döhrlich. Sacré Walter, va ! L'affaire est étouffée avant même d'avoir eu le temps d'être soulevée, ébruitée.

A quoi bon vouloir recommencer à jouer au justicier ? Magnus a tout perdu pour s'être trop fougueusement, présomptueusement, improvisé détective et vengeur. Il s'est précipité avec l'impulsion d'un bélier enragé fonçant sur un obstacle plus dur que son front. L'obstacle a fini par céder, se pulvériser, mais il a tout détruit dans son écroulement. Magnus n'est plus que le témoin de son propre méfait, de son acte aberrant ; témoin à charge, impitoyable contre lui-même.

Magnus ferme pour la dernière fois la porte de l'appartement. Tout est en ordre ; tout – en l'occurrence rien.

L'ordre du rien règne dans le logement vidé et nettoyé. Le déménagement s'est transformé en liquidation, les meubles, les ustensiles et les bibelots ont échoué dans une salle des ventes, les vêtements de Peggy, il les a empaquetés dans le tissu de damas et a jeté ce linceul, aussi lourd que s'il contenait le corps de la défunte, dans le Danube. Une tombe fluviale pour les robes à fleurs, les robes à rayures, les robes à pois, les robes à papillons, les gilets, les écharpes, les souliers, la lingerie de Peggy.

L'affaire Dunkeltal est mise en terre, enfouie dans le caveau de la respectable famille Döhrlich où père et fils reposent côte à côte dans une éternelle connivence.

Le corps de l'amour, lui, se délite en silence dans le froid de la terre, transi de solitude. Sa tombe est discrète, très nue. Ses peaux de soie, de coton, de satin, de Tergal et de laine, son odeur, ses parfums se dissolvent dans les eaux opaques du fleuve.

Le beau corps de l'amour et ses peaux de tissu effeuillant le désir, le corps fou de l'amour et sa chair de jouissance pourrissent dans la boue, dans la vase.

Magnus une fois encore repart de zéro. Comme à l'heure de Gomorrhe – heure à jamais béante au cadran de sa vie. Et ce zéro n'est plus seulement lesté de souvenirs très denses, plombé de deuils, il est brûlé de remords et d'impuissance.

Un rien radical règne en lui, et ce rien-là ne crée ni ordre ni clarté, il ne laisse que du désordre et un goût de poussière dans son esprit. On ne liquide pas d'un coup sa honte et ses remords.

Il quitte Vienne, avec, pour tout bagage, deux sacs contenant des vêtements, quelques livres, des lettres, l'ourson et le masque mortuaire de Lothar.

Il ne retourne pas à Londres, ne va pas s'installer à Rome. Il part sans destination précise ; il lui suffit de savoir où il ne veut pas aller : Vienne, Londres, Rome, trois villes où l'absence de Peggy le frappe de bannissement.

« Magnus, un Islandais clandestin ! » avait un soir suggéré Scott. Magnus pourrait enfin se ren-

231

dre dans ce pays censé être sa terre natale – mais pour y chercher qui, y découvrir quoi ? L'énigme de sa naissance le tourmente désormais moins que la nuit sans mesure ni fin où son amour a fait naufrage.

Il cherche un endroit neutre, et reculé, un lieu-clepsydre où *laisser passer le Temps, jusqu'à ce que son tour vienne.* Le tour de quoi ? Il l'ignore, mais cette inconnaissance est à présent la seule aventure qui vaille pour lui.

Il va en France, où il évite les grandes villes. Il fuit les foules, le bruit, toute compagnie. En passant par le Morvan il trouve la contrée où établir sa solitude. Il s'installe dans une maison réduite à deux pièces, accolée à une grange et une étable plus vastes qu'elle, située à proximité d'un petit village nommé Bazoches que domine un château. La vue est ample de cet endroit, elle court sur les champs, les forêts, et s'ouvre au loin sur la colline de Vézelay. Ces noms ne lui évoquent rien, Magnus est étranger à ce pays, à son histoire, et cette ignorance lui convient. Il est venu laver son regard, le dépouiller de son trop-plein d'images. Il n'est plus qu'un homme-ours désireux d'hiberner.

Écho

« *Tu entends des craquements. Des rires... ires...*
des rires déjà très vieux, comme lassés de rire... assés
de rire... Et des voix usées d'avoir trop servi... vi...
    Tu entends tout ça tu entends...
    ... entends...
    Les arbres chuchotent un chant du soir un chant
du noir un chant...
    L'herbe des champs frissonne doucement...
cement... ment...
    Tu entends des craquements. L'esprit de l'amour
avance... mouravance... ance...
    Le jour viendra où ces bruits... tu entends ces
bruits s'éteindront
    s'éteindront tu entends... l'amour avance mou-
ravance... ance...
    tu entends mourance...

    Tu entends le silence tu entends
                n'entends rien... entends rien... »

Fragment 26

L'hibernation de Magnus dure longtemps, plusieurs saisons, mais elle n'engendre aucune torpeur, aucune passivité. Elle est tout occupée à accomplir un travail aussi lent qu'impalpable : laisser le temps se décanter, jour après jour, heure par heure. C'est une activité semblable à celle de l'érosion, ou de la formation d'aiguilles de glace dans une grotte ; une activité qui exige une folie de patience, de concentration, de décapage de la pensée. De dénudement de soi.

Il marche beaucoup -- décantation au pas à pas. Il se lève tôt et sort dans la campagne. Il marche en oscillant un peu, toujours muni d'un bâton en guise de canne. Son aire de déambulation décrit une sorte de grande étoile allongeant ses branches en zigzags. Les gens de la région se sont accoutumés à voir passer sa silhouette claudicante le long des chemins, des rues, des villages. On ne sait pas d'où il vient, qui il est au juste ni ce qu'il fait dans ce coin perdu ; c'est un taiseux qui ne se livre pas. Mais il n'importune personne, se montre courtois avec tous. A défaut de connaître le pays d'origine de cet étranger, on déduit d'après son accent et son caractère taciturne qu'il doit venir du nord de l'Europe, et on le désigne ainsi : « le gars du Nord ». Ou parfois, « le boiteux ».

Un jour il s'est enfoncé dans une forêt située de l'autre côté de la rivière qui serpente à travers le massif, et a débouché dans une clairière en friche. Sur son pourtour étaient alignées des cloches de paille entrelacées de branches effilées, installées sur des planchettes ; des ruches à l'ancienne, comme Magnus n'en avait jamais vu. Il faisait froid ce jour-là, un froid sec et givrant qui argentait les ruches endormies. Au centre de la clairière se dressait un petit ouvrage de pierre recouvert de mousse ; une niche construite pour abriter une statuette, mais celle-ci avait disparu. Dans la niche vide glissait au ralenti une longue limace brun-rouge. Magnus s'est assis sur ce monticule pour se reposer un moment ; les sons autour de lui l'ont bientôt surpris, ils différaient de ceux qu'il avait pris l'habitude d'entendre au cœur des forêts. Ces sons-là étaient plus nuancés, plus modulés, comme si quelqu'un s'essayait à jouer d'un instrument à vent, avec maladresse et cependant une certaine grâce. Il a scruté le sous-bois, tendu l'oreille, mais n'a décelé aucune présence humaine. Pourtant cette mélodie un peu chuintante provenait de tout près. Il s'est levé pour inspecter le lieu, et enfin il a découvert la source de cette musique : des hêtres aux troncs étrangement entaillés, creusés par endroits, et où le vent se faufilait en sifflant. Il a cru reconnaître, dans le tronc de l'un de ces arbres ouvragés, la silhouette d'un corps, un visage flou esquissant un sourire, et une ébauche de mains jointes ; dans un autre, la forme d'un homme tenant une trompette, et dans un autre encore le relief d'un cœur, et là des cornes de bélier. Mais ces hêtres étaient morts, certains toujours debout, d'autres renversés sur le sol, tous envahis par le lierre, les ronces. Il aurait aimé revenir dans ce bois, mais il n'en a plus retrouvé le chemin.

Il passe aussi de longues heures immobile – décantation au goutte à goutte. Il a déblayé la grange mais il n'aménage pas ce vaste espace au sol en terre battue. La seule fonction qu'il lui destine est celle de ne servir précisément à rien. Un luxe de l'inutile, de la gratuité, un sanctuaire dédié au vide.

Il y a une chaise près de la porte, quand Magnus entre dans la grange il l'attrape par le dossier et la pose tantôt au milieu de l'espace, tantôt contre un mur ou dans un angle, et il s'assied, les mains repliées sur son bâton planté entre ses genoux. Il peut rester ainsi pendant des heures, à goûter le silence, les jeux de l'ombre et de la lumière filtrant par les planches disjointes des murs, à observer l'imperceptible tournoiement de la poussière dans les rais de lumière, l'ouvrage d'une araignée tissant sa toile dans un recoin. Parfois passe un mulot, il trottine à vive allure, flaire le lieu, bifurque, file ailleurs. Des oiseaux aussi s'aventurent dans son sanctuaire du rien, certains y ont bâti leur nid.

Quand il sort, il replace toujours la chaise près de la porte.

Dans l'église de Bazoches se trouve le tombeau d'un certain Vauban. Magnus découvre qui fut cet homme, l'étendue de son œuvre, la pluralité de ses intérêts, son génie, son courage – homme remarquable tombé en disgrâce pour excès d'intelligence, d'audace et de générosité de pensée après avoir été amplement exploité par son roi qui n'avait de grand et de solaire que ses qualificatifs usurpés.

Le corps inhumé là est amputé de son cœur que Napoléon, un siècle plus tard, a fait déposer aux Invalides. Magnus repense à la crypte de l'église des Augustins qu'il avait visitée avec Peggy au début de son séjour à Vienne, aux cœurs des Habsbourg eux aussi arrachés aux poitrines où ils s'étaient formés, avaient battu. Cœurs en exil, scellés dans des urnes. Ce dépeçage des cadavres des nobles, des héros et des saints dont on répartit les membres, les os, les poils et les viscères dans divers endroits lui semble un curieux mélange de barbarie, d'obscénité et de magie infantile. Qu'aurait-il à faire des cœurs de May, de Peggy, de Lothar formolés dans des reliquaires ?

Mais ce fractionnement des dépouilles sacrées en pièces détachées répond peut-être à cet autre phénomène de morcellement qui se passe dans le corps des vivants endeuillés : chaque être aimé, en disparaissant, ravit un peu de chair, un peu de sang, à ceux qui restent sur la terre, tremblant de froid et de fadeur dans le crachin continu de l'absence. Très tôt, le corps de Magnus a été ainsi délesté, quand sa mère, l'inconnue de Hambourg, a brûlé sous ses yeux, lui calcinant un pan du cœur et lui pétrifiant la mémoire. Et May aussi lui a volé sa part de chair, sa part de cœur, les mêlant à ses cendres dispersées dans le bleu muet du ciel. Puis Peggy – le grand rapt charnel, et l'enfouissement du désir, de toute joie, toute jouissance dans l'humidité noire et glacée de la terre.

De son père, il n'a rien, pas même une image – mais peut-être le prénom recueilli au cou de

l'ourson, et qu'il a fait sien ? Ce fragile *peut-être*
lui tient lieu de filiation. De Lothar, son austère
tuteur devenu ami tutélaire, il lui reste un masque de plâtre. Un masque terne aux paupières
closes, aux lèvres soudées, mutilé de ce sourire
d'admirable bonté qui éclairait discrètement le
monde. Lothar a emporté cette clarté qu'il savait
faire se lever aux confins de la pensée ; le regard
de Magnus ne parvient plus à distinguer la moindre lueur à l'horizon des jours, qu'ils soient
anciens ou à venir.

Le décantage du temps ne produit encore que
des ondoiements de brume dans le lointain, et
quelques trouées qui ont le dur éclat du givre.

Ainsi va Magnus dans sa solitude du Morvan,
nouant des amitiés posthumes auprès de tombeaux, des amitiés muettes avec tel ou tel arbre,
tel bœuf ou telle brebis croisés au bord d'un pré,
des amitiés fugaces avec des nuages, des chucho-
tements de sources, des odeurs de terre, de vent.
Des amitiés à fleur d'instant.

Séquence

« Ma pensée
et non une caresse
je t'ai frôlée
pourtant
de ma pensée

ma pensée
et non une caresse
comme ta mémoire
ou les mots non prononcés
ou tes yeux clos

et pourtant ta mémoire
les mots et les regards
sont la caresse d'un jour passé
sur mes pensées. »

Matthias Johannessen,
« Au toucher ».

Fragment 27

Un après-midi d'août, en rentrant d'une de ses promenades, Magnus aperçoit une vieille femme assise près de la porte de la grange. Elle porte un chapeau de paille informe, une robe à la couleur indéfinie tant elle est usée, et des galoches crottées. Elle prend paisiblement le soleil, les bras croisés sur la poitrine. Quand elle le voit approcher, elle lui fait un signe de la main, comme si elle était assise devant sa propre maison et qu'elle saluait un voisin. « Bonjour, fils ! » lui lance-t-elle d'une voix fluette. Magnus pense qu'il s'agit certainement d'une vieille à l'esprit divagant qui s'est égarée et s'est installée là, se croyant chez elle. Son visage est très fripé, couvert de poils follets, et sa bouche, certainement édentée, est toute biscornue. Une allure de brave sorcière sortie d'un livre de contes, se dit Magnus. Il répond à son salut en criant presque, la soupçonnant d'être sourde, « Bonjour, madame ». Ladite dame corrige en riant : « Et non, fils, je ne suis qu'un homme ! », et il ôte son chapeau, découvrant un crâne chauve, tacheté. Des abeilles, qui devaient sommeiller sur la paille du couvre-chef, se mettent à voleter autour de sa tête, certaines se posent sur son front, sur son visage. « Mais un homme sage et bienheureux, ajoute le drôle de bonhomme, car j'ai choisi le meilleur en ce monde, vois-tu, la compagnie des abeilles, et la liberté de la plus douce des folies qui est folie du plus grand amour. Voilà pourquoi je suis aussi un peu femme. Et donc homme enchanté. » Sur cette explication, il se lève lestement.

Il est petit, très menu, le dos voûté, mais son corps semble encore aussi alerte que celui d'un enfant. Il se recoiffe de son chapeau et ouvre les mains, les abeilles viennent s'y rassembler. Il tend ses paumes abeillées devant Magnus et lui dit : « Dans la ruche leur souveraine est entourée en permanence par une cour très affairée de servantes et d'ouvrières. Mais pour moi, elles sont toutes des reines, surtout les ouvrières, les butineuses, les ventileuses, les balayeuses et les gardiennes du seuil. Chacune a son office, qu'elle remplit de bout en bout de sa courte existence, sans faillir. Regarde-les, mes petites reines, mes flamboyantes ! Les demoiselles d'honneur du soleil... »

Magnus n'a pas compris grand-chose aux propos babillés par le petit homme en robe de bure terreuse, sa voix est grêle et son accent du terroir très prononcé. Il a l'impression de se trouver devant un clown jonglant avec des insectes apprivoisés autant qu'avec des mots bizarres, ou plutôt, devant un épouvantail soudain doué de mouvement et de parole, et il se demande d'où il sort et ce qu'il lui veut. Le clown agite les mains et ses bestioles s'échappent, recommencent à virevolter autour de lui. « On m'appelle frère Jean. Et toi ? » Magnus est pris de court par cette question pourtant très simple, et il lâche une réponse qui le surprend lui-même : « J'ai oublié. » Le moine clownesque ne semble, lui, nullement étonné par cette réponse. « Cela arrive. Et c'est bon signe. » Sur ce commentaire émis d'un ton placide, il s'en va en trottinant, un grésil doré tournoyant autour de son chapeau.

Il a beau réfléchir, il ne retrouve pas son nom. Cet oubli qui perdure le consterne, il n'y décèle aucun bon signe, tout au contraire. Il se sent frappé d'anonymat comme on est frappé par un coup, par un mal. La maladie de la perte, cumulant, dans ce dernier assaut, l'usure sournoise de la déperdition et l'angoisse de la perdition. Est-ce là tout le résultat de son long travail de décantation opéré dans la solitude des chemins, des forêts, dans le silence de la grange ?

Il finit malgré tout par retourner dans la

grange. Planté contre le mur du fond, il appelle à sa rescousse tous ceux et celles qu'il a connus, aimés, mais leurs noms lui reviennent en vrac, écrasés par ceux des personnes qui lui ont été funestes. Il ne veut plus entendre résonner en lui les noms exécrés de Thea et Clemens Dunkeltal, et tous leurs pseudonymes puant le mensonge et le crime, ni ceux de Horst Witzel, de Julius Schlack, de Klaus Döhrlich. Mais ces noms-là montent à l'aigu, ils sont gluants, se collent à sa langue.

Knautschke, Klautschke – ces sobriquets le taraudent, ils clapotent dans sa bouche, se font vermine grouillant en mots divers, *Klatsche Klapse Knalle Knarren Knacke Knülche Knauser Kleckse**... Des mots gifles, des mots crachats ; il les voit rouler en gros caillots de sang dans la gueule rosâtre d'un hippopotame bâillant jusqu'à la béance. Il les sent gargouiller dans sa gorge, embourber sa salive. Il se met à frapper le sol de son bâton pour faire taire ce brouhaha visqueux.

Que Knautschke ferme sa gueule ! Il frappe de plus en plus fort, la tête penchée en avant, front tendu comme un animal prêt à charger, mâchoires serrées. Il a si froid qu'il en transpire,

---

* Bavardages taloche claquements crécelles craquements bougres radins taches...

une sueur glacée coule le long de son dos ; une stalactite de sa nuque à ses reins.

Une stalagmite de son ventre à sa gorge. Le cloaque de Knautschke se referme, engloutissant tous les mots vermineux. Alors, sur fond de rumeur sourde se lèvent les noms familiers comme autant de poignées de main, de salutations, de sourires qui l'apaisent. Et de caresses aussi, qui l'endolorissent de leur tendresse perdue.

Ils passent, tous ces noms, en une ronde lente. Ils passent deux à deux, ou un à un. Juste un murmure à chaque fois, un soupir. Un sanglot. May, Peggy...

Procession de vocables en voix blanches ou gris-bleu, en rires ocre et violet, en souffle ivoire et roux. Chaque nom a sa carnation, son allure, son timbre, et un léger frémissement. Une trépidation, parfois. Chacun a son éclat, sa résonance singulière. Une fulguration, parfois.

Et le cortège tourne, tourne. Mais son propre nom est absent.

Il ne frappe plus le sol de son bâton, il marche à travers l'espace de la grange, il arpente le vide. Il marche à la suite des noms en procession, mendiant le sien. Il a la bouche sèche, les lèvres bleues de froid. La nuit est tombée depuis long-

247

temps, mais elle est si profusément étoilée qu'une blondeur diffuse estompe l'obscurité.

Il titube, appuyé sur son bâton, toujours en quête de son nom. Le clair d'étoiles s'est éteint, le jour commence à poindre, une ombre cendreuse baigne à présent la grange. Le cortège des noms aimés se dissout dans le silence, il reste seul. Il s'effondre d'épuisement, tombe sur les genoux. Mais dans sa chute, sa pensée se casse et son nom resurgit brutalement. Magnus.

Magnus rit, à genoux dans la poussière. « Magnus ! » s'exclame-t-il d'une voix essoufflée, et il répète son prénom, comme s'il s'appelait lui-même. Il est si heureux de l'avoir recouvré qu'il l'écrit du bout de son index dans la poussière. A ce moment, le soleil en se levant répand dans le ciel une clarté laiteuse, et cette lueur d'aube se glisse entre les lattes de la grange. Elle se concentre en un rayon oblique qui vient glisser sur son doigt.

Un jet de lumière blanche. Une lactation. Et son doigt n'écrit pas les lettres de « Magnus », mais celles d'un autre nom qui lui est totalement étranger.

Il regarde ce nom, et doucement se couche à ses côtés ; il s'endort aussitôt, hébété de fatigue et d'incompréhension.

Litanie

Lothar et Hannelore, appelez-moi.
Else et Erika, appelez-moi.
Peggy Bell, appelle-moi.
Mary et Terence Gleanerstones, appelez-moi.
Terence et Scott, mes frères, appelez-moi.
May, ma si vive mon amante, appelle-moi.
Lothar et Hannelore, appelez-moi.
Else, appelle-moi.
Peggy, ma sœur mon amour, appelle-moi.
Lothar, mon ami mon père, appelle-moi.
Myriam, jeune fille, appelle-moi.
Peggy, ma très belle ma douceur, appelle-moi.
Peggy, ma Schneewittchen ma disparue, appelle-
    moi.
Toi, ma sacrifiée, pardonne-moi.

De l'inconnu, délivrez-moi !
De ce silence, délivrez-moi !
De cet oubli, délivrez-moi !
De la déperdition, délivrez-moi !
De mon absence, délivrez-moi !

Moi qui suis innommé, de grâce, nommez-moi !

De cette perdition, de grâce, sauvez-moi !
De grâce, écoutez-moi !
Entendez-moi...

M'entendez-vous ?

May, m'entends-tu ?
Lothar, m'écoutes-tu ?
Peggy, me pardonnes-tu ?

Et toi, ma mère ma brûlée ma brûlure, m'entends-tu ?

Où êtes-vous, que dites-vous ?
M'entendez-vous ?

Fragment 28

Quand il se réveille, la matinée est déjà très avancée. Encore une chaude journée d'août, l'air est lourd, chargé d'odeurs de terre, de fleurs. Sa tête lui pèse étrangement, comme si elle était emplie de brume, de rosée blanche, il éprouve le tournis. Pour se relever, il prend appui sur le sol, mais ce faisant, ses mains effacent le nom qu'il avait écrit au point du jour dans la poussière, sous la dictée de la fatigue, dans la coulée d'une lactation de lumière. Le temps que cet instant lui revienne à la conscience, il est trop tard, la signature est illisible. Il ne distingue plus qu'une lettre : un *l.* Il n'a donc pas rêvé, il avait bien tracé un autre nom, insoupçonné, « Magnus » ne comporte aucun *l.* Mais il a beau examiner le sol, il ne déchiffre rien de plus.

Il pousse la porte, le plein soleil l'aveugle. « Bonjour, fils ! As-tu bien dormi ? » Le moinillon coiffé de sa ruche ambulante est revenu, aussi enjoué et bourdonnant que la veille. Il s'affaire près du tilleul qui ombrage la cour, autour d'une table qu'il a improvisée avec une planche posée

251

sur des bûches prises dans la réserve sous l'auvent. Il se comporte en familier du lieu, et même en hôte qui reçoit un invité. Car c'est bien ça qu'il prépare, un déjeuner.

Sur la planche, il y a une cruche d'eau, une bouteille de vin, trois verres, des fruits, du saucisson, du fromage, un pot de miel et du pain, et même un bouquet de trèfles dorés et d'aigremoines. «Tu dois avoir faim, dit-il. Si tu es d'accord, on va passer directement au déjeuner, il est déjà midi. Le repas est frugal, et néanmoins de fête. C'est qu'aujourd'hui, nous sommes le 15, jour de l'Assomption de Marie. En cet honneur, j'ai apporté une bouteille de vin, du très bon, un pouilly fumé. Et tu sais quoi ? C'est aussi mon anniversaire. Je suis né une nuit de 15 août, mais il y a si longtemps que je ne me souviens plus de l'année exacte. C'était vers la fin du siècle dernier. Dans ma famille, c'était une tradition, ou plutôt une bénédiction : tous les enfants sont nés un 15 août. Et ma fratrie était grande – neuf garçons, figure-toi. Tous venus au monde sous la protection de la Vierge. Alors cet anniversaire, ce n'est pas seulement le mien, c'est aussi celui de mes huit frères. A présent, ils sont tous morts, tous partis saluer l'Immaculée Mère de Dieu. Bientôt ce sera mon tour. Ah, quel beau jour ! »

Magnus, étourdi par le bagout de cet encombrant dévot de la Vierge, ne comprend pas si le beau jour auquel il vient de faire allusion est celui-ci ou celui de sa mort à venir. Mais cette question l'indiffère, et la présence du moine bavard l'indispose. Il n'ose cependant pas le chasser, il bat poliment en retraite, prétextant sa fatigue pour se retirer dans sa maison où, espère-t-il, l'importun n'aura tout de même pas le culot de le suivre. Mais l'autre ne se démonte pas, et il reprend son bavardage avec un aplomb exaspérant. « Désolé, fils, mais je n'ai plus le temps d'attendre. Crois-tu donc que je sois venu par caprice ? Ça fait longtemps que je t'observe, depuis le jour où tu t'es installé dans cette maison perdue, il y a près de trois ans. Et pas un jour sans que je ne t'aperçoive, tu passes par ici, par là... Toi, tu n'as jamais remarqué ma présence, alors que je vis le plus souvent dans ton voisinage. Combien de fois n'ai-je pas dormi dans l'étable à côté de la grange où tu restes des heures enfermé ! Il y a encore de la paille dans les mangeoires, j'aime bien venir m'allonger dedans, il y fait chaud, l'odeur est bonne. Les bêtes ont laissé là un peu de leur chaleur, de leur douceur, de leur sagesse... Bon, toi, tu préfères la grange. Pourquoi pas ? Mais ça suffit à présent, tu y as

253

fait ton plein de vide, dans ta grange, non ? –
De quoi vous mêlez-vous, réplique Magnus irrité
de se découvrir espionné par ce vieux fouineur.
Laissez-moi en paix ! »

Frère Jean ne lâche pas prise, il repart à
l'assaut. « La paix ! Ce n'est pas en vivant en
reclus que tu la trouveras, la paix. Car tu es un
reclus, pas un ermite. Un esseulé, pas un solitaire.
Je sais de quoi je parle, voilà une trentaine d'années que je vis en ermite, à proximité de mon
monastère. Jamais je n'aurais pu tenir si j'avais
eu un cœur aussi assombri que le tien. Un cœur
de séquestré. – Séquestré ? répète Magnus qui ne
connaît pas ce mot. – Enfermé, prisonnier,
emmuré, pétrifié..., explique l'autre qui reprend
aussitôt son propos. J'élève des abeilles, mes
ruches se trouvent non loin d'ici, j'apporte le
miel au monastère, en échange je reçois de quoi
manger, me vêtir. Il me faut peu. De moins en
moins. Bientôt, il ne me faudra plus rien. Ce
bientôt est proche, c'est pourquoi je suis venu
vers toi. » Puis, sans transition, il demande :
« Alors, ton nom, tu l'as retrouvé ? – Magnus.
– Ah ? Tu es sûr ? » dit frère Jean d'un air dubi-
tatif, comme s'il avait déjà connu la réponse et
que celle-ci lui semblait inexacte.
Cette réflexion décontenance une nouvelle

fois Magnus qui sait bien qu'il porte un nom d'emprunt, en partage avec une peluche, et que ce matin même il a laissé disparaître un autre nom qui était peut-être le sien. « Pourquoi doutez-vous de mon nom ? » demande-t-il à son tour. Mais l'autre biaise, « Bah, les noms... il arrive qu'on en change au cours d'une vie, comme si celui qu'on a reçu à la naissance n'était pas le bon. J'ai dû quitter le mien quand je suis entré au monastère, et on ne m'a pas donné le choix. Mon prénom était Blaise, on me l'a enlevé, tu t'appelleras frère Jean, on m'a dit. Va pour Jean, comme le Baptiste qui se nourrissait de sauterelles et de miel, ou comme l'Évangéliste. Ah, celui-là, en voilà un qui a été illuminé par la visite de l'Ange du mystère ! L'Ange du Verbe... Oui, l'Ange du Verbe, qui lui a fait manger le petit livre de feu. A mon avis, ce livre, c'était un rayon de ruche aux alvéoles ruisselantes de miel. Moi, je ne suis qu'un tout petit Jean, et l'Ange du Verbe m'a fissuré la lèvre en me clouant son secret sur la bouche. Mais depuis quelque temps, je sens qu'il bouge, ce secret... oui, que ça bouge dans ma bouche, sur ma lèvre fendue... c'est comme un goût de vent... – Mais de quoi parlez-vous, quel secret ? – Si je le savais ! Qui connaît le don de Dieu ? – Certainement pas moi ! s'exclame Magnus. Et ce n'est pas mon souci. Je ne suis pas croyant. – Tant mieux, rétorque frère Jean que rien ne désarçonne, comme ça, tu es plus libre. Libre d'être surpris par ce que moi, tout seul, je n'ai pas encore réussi à sentir. C'est pourquoi j'ai besoin de toi. »

Le don de Dieu ! Une jolie fable. Magnus ne comprend rien aux vaticinations de frère Jean, mais son agacement est tombé, il n'a plus envie de débattre avec ce bonhomme aussi folingue que têtu, juste de se reposer et de manger un peu, la faim soudain l'emportant sur sa fatigue. Ils s'assoient côte à côte à la table à l'ombre du tilleul. Une petite nuée d'abeilles tourbillonne autour d'eux. Ils vident la bouteille de pouilly, se partageant le contenu du troisième verre que frère Jean avait rempli à l'attention de l'Ange du Verbe, ou de tout invité susceptible de se présenter ; il se montre plus loquace et loufoque que jamais, il élucubre un parallèle entre l'ingénieux système inventé par Vauban pour assiéger une ville fortifiée, consistant en tranchées souterraines tracées en lignes brisées reliées entre elles obliquement, et le délicat labyrinthe des chemins de l'âme s'acheminant vers Dieu. Puis il tricote un nouveau parallèle entre le processus de l'aoûtement au terme duquel les fruits parviennent à maturation sous l'effet de la chaleur, et le mûrissement de sa mort sous l'effet du temps, qu'il sent sur le point de s'achever.

Magnus l'écoute d'une oreille distraite, il se sent las à nouveau. L'autre se met à chanter. Sa voix est restée mélodieuse. Il psalmodie la litanie de la Vierge, en latin. Puis il se lève et annonce calmement : « Je ne reviendrai pas. La prochaine fois, c'est toi qui viendras à moi. Je compte sur toi, n'est-ce pas ? » Magnus lui rappelle qu'il ignore où il habite, si tant est qu'il habite quelque part. « Aucun souci, je t'enverrai mes abeilles. Tu n'auras qu'à les suivre. »

Et comme la veille, il s'en va à pas sautillants dans un bruissement d'insectes.

Magnus regarde s'éloigner frère Jean à la silhouette de vieux gamin en fugue perpétuelle. Un farfadet qui court les bois en jouant avec des abeilles, et qui folâtre avec des mots enluminés comme les pages d'un antique missel. Magnus a l'impression d'avoir été introduit subrepticement dans un conte. Un conte désuet intercalé par inadvertance dans le roman décousu de sa vie. C'était charmant, mais il pense qu'il aurait préféré être invité dans une tout autre histoire, il a passé l'âge des contes. Le secret de l'Ange du Verbe ! Il se contenterait de voir enfin levé le secret plus modeste de sa petite enfance, et, bien plus encore, celui de l'immense nulle part où s'effacent les morts. Le don de Dieu ! Mais c'est celui de la vie, que veut Magnus — que ce don soit rendu à celles et ceux qui en ont été volés.

Intercalaire

Il était une fois... Ainsi commencent toutes les histoires qui n'ont jamais eu lieu. Les mythes, les fables, les légendes.

Il, pronom personnel neutre introduisant un verbe employé impersonnellement, *était*, conjugué à un temps du passé resté en suspens dans l'inachèvement. L'histoire racontée s'est dissoute dans un lointain jadis, comme des végétaux dans des marécages ou des corps dans l'humus. Il s'en dégage des feux follets qui courent dans l'obscurité, à ras de terre. Ainsi vont les dits des mythes et des fables dans les pénombres de nos pensées.

Une fois, désignation imprécise qui renvoie à un passé indatable comme théâtre d'un événement accompli définitivement.

Il était une fois... Alors, de quoi s'agit-il? D'une bonne (ou terrible) fois pour toutes, ou d'une fois à jamais incertaine, pour rien? Sa valeur temporelle reste ambiguë.

Il était une fois... Formule rituelle entrouvrant sur un récit ainsi qu'une petite porte dérobée sur

259

une arrière-cour ou un corridor secret. Mais en quoi n'ont-elles jamais eu lieu ces histoires non reconnues par l'Histoire qui n'accepte dans son corpus que les événements avérés, prouvés, entretenant avec la réalité une relation exclusivement diurne ? Que sait-on de ce qui a lieu dans la nuit du réel ? L'imaginaire est l'amant nocturne de la réalité.

Le corpus de l'Histoire est un corps – dont la chair est langage, paroles vives et mots écrits –, et comme tout corps il est opaque, et donc projette une ombre. *Il était une fois...* est cette ombre portée, une doublure de paroles et de mots plus fluides, mouvants.

Il était une fois... : corpus d'une mémoire plus profonde et aiguë que celle de l'Histoire ; semence du réel qui au matin oublie cet ensemencement pour n'en retenir que les traces visibles, palpables.

Il est des fois des personnages en errance qui n'en finissent pas de déambuler dans la nuit du réel, et qui transhument d'un récit vers un autre, sans cesse en quête d'un vocable qui enfin les ferait pleinement naître à la vie, fût-ce au prix de leur mort.

Il serait une fois des personnages qui se ren-
contreraient à la croisée d'histoires en dérive,
d'histoires en désir de nouvelles histoires, encore
et toujours.

Fragment 0

L'été touche à sa fin ; frère Jean n'a plus reparu. Il doit jouer au lutin parmi ses ruches. Magnus ne s'en soucie guère, mais depuis le déjeuner en sa compagnie il n'éprouve plus le besoin de s'enfermer dans la grange. Il envisage surtout de quitter ce lieu, cette solitude. Il en a accompli le tour. Le moinillon avait raison, il a fait son plein de vide, de réclusion. Le lourd silence déposé en lui commence à se clarifier, à bruire. Et ce silence aoûté, comme dirait frère Jean, le pousse à se remettre en route.

Il prépare son départ, cette fois dans une tranquille indifférence, et non plus dans la précipitation de la douleur et de la honte.

Elles arrivent un matin en une nuée sonore. Elles filent à vive allure en ondulant dans l'air, à hauteur d'homme. Magnus voit cette boule brun doré foncer vers lui, il s'en effraie, se croyant attaqué par un essaim. Mais le nuage s'immobilise à un mètre de son visage. Son bourdonnement est trépidant. Magnus se souvient des paroles de frère Jean, qu'il lui enverrait ses messagères au moment voulu. Cependant il hésite à prendre au sérieux la promesse fantaisiste de l'ermite.

Le petit nuage ondoie sur place en vrombissant de plus en plus fort, puis il recule imperceptiblement. Magnus avance d'un pas, les abeilles refluent à proportion. Il avance encore, le même manège se produit. Alors il se met résolument en marche sous leur conduite.

Il passe par des sentiers qu'il n'a jamais empruntés, des raccourcis à travers champs et bosquets. Ses éclaireuses vont vite, il peine à les suivre. Il franchit la rivière à un endroit où elle est très encaissée, en s'engageant sur une passerelle de bois qui tangue sous les pas. Il pénètre dans une forêt, débouche dans une clairière. Il la reconnaît, c'est celle où il avait fait une halte et dont il n'avait ensuite pas retrouvé le chemin.

Les abeilles se dispersent, elles retournent vers leurs ruches. Frère Jean est assis au milieu de la clairière, adossé à la niche moussue. Il est vêtu d'une ample cape noire dont la capuche bâille sur sa nuque. « Bonjour, fils ! le salue-t-il comme à chacune de leurs rencontres. Viens t'asseoir près de moi. »

Magnus prend place à ses côtés. Il ne dit rien, ne pose aucune question. Il attend que son hôte ouvre le dialogue. Mais l'autre, d'habitude si exubérant, garde le silence, et il le garde longtemps. La forêt alentour bruit de multiples sons sur fond du sourd bourdonnement des ruches ; frémissements des feuillages, froissements des herbes, craquètements ténus d'insectes, clapotis d'un ruisseau, craquements de brindilles sèches, petits cris perçants ou appels flûtés lancés par des oiseaux, chuchotis et sifflements du vent, et par instants, des aboiements de chiens et des échos de voix humaines dans le lointain.

Frère Jean lève son visage vers la frondaison d'un hêtre, et, pointant d'un doigt quelques feuilles qui viennent de se détacher et amorcent leur descente vers la terre, il murmure à l'attention de Magnus : « Écoute !... » Les feuilles ovales, déjà brunies, volettent avec lenteur ; trois d'entre elles, prises dans un courant d'air ascendant, se balancent dans les hauteurs, on dirait des virgules cuivrées qui dansent dans le puits de lumière trouant la masse des ramures. Des virgules vagabondes ponctuant en toute liberté un texte lumineusement nu. Mais d'un coup elles dégringolent, le courant d'air est parti souffler ailleurs.

« Tu as entendu ? » demande frère Jean. Magnus a bien observé cette farandole végétale, il peut la décrire visuellement, mais pas auditivement. Le petit homme se réinstalle dans le silence. Magnus comprend que tant qu'il ne sera pas capable de distinguer le souffle infime d'une feuille qui tombe sur fond des divers bruits de la forêt et de la basse continue des ruches, l'autre ne dira rien. Les heures glissent, l'air fraîchit lentement ; la scène de la chute de feuilles roussâtres se reproduit un nombre indéfini de fois. Autant de virgules erratiques et muettes.

Magnus a un léger sursaut, il tourne la tête vers la gauche ; son regard capte l'instant où une feuille jaune translucide, aussi fine qu'une aile d'insecte, atteint le sol à quelque distance de lui. Son ouïe a perçu avant ses yeux, mieux que ses yeux. « Je vous écoute », dit-il à frère Jean. Mais celui-ci, au lieu de rompre enfin le silence, rabat la capuche de sa coule sur sa tête et se recroqueville, les mains à plat sur les genoux, le front penché. Ainsi enveloppé dans sa chrysalide noire, il entre en somnolence. Sa tête dodeline, elle finit par basculer contre l'épaule de Magnus ; sa respiration s'altère, elle se fait à la fois plus sonore et alentie.

Rien de plus – aucun flamboiement, aucune agitation du corps assoupi, aucun râle ni bredouillement proférés par sa bouche. Juste ce souffle montant avec lenteur, avec ampleur, des profondeurs du corps concentré à l'extrême non sur lui-même, mais sur l'oubli de soi – sur une excavation, un évidement de soi. Et ce souffle s'affine, il s'allège, il est doux et pénétrant comme le son d'un hautbois. Un soupir de lumière s'échappant de l'obscurité, un sourire vocal tintant discrètement dans l'air. Une exhalation de silence.

Rien de plus, mais les deux hommes sont si totalement abandonnés dans l'écoute de ce soupir et si unis dans cet abandon que Magnus en est bouleversé – ce chant grêle sourd de son propre corps autant que de celui de l'autre, il lui caresse la chair dessous la peau, flue dans son sang. Cette caresse ressentie au-dedans de son corps l'émeut, l'éblouit et l'abîme en lui-même plus puissamment qu'aucune caresse échangée dans l'amour. La très fugace étreinte vient de plus loin que tout ce qu'il connaît, elle est radicalement neuve – un rapt charnel et mental d'une délicatesse foudroyante. C'est la vie même qui l'étreint du dedans, et qu'il enlace par tous ses sens, d'un seul mouvement.

Frère Jean sort de sa somnolence, il redresse la tête et s'ébroue ; sa respiration est redevenue normale. Et Magnus fait de même, ils sont en consonance. Ils se lèvent. Frère Jean écarte sa cuculle qui retombe sur son dos. Son visage garde trace de la contention intense à laquelle il vient de soumettre son esprit – un visage de très vieux nourrisson se réveillant sous la montée d'un songe dont il ne peut contenir l'amplitude, le front plissé par cette poussée d'énergie pure, les yeux embués d'une vision qui déjà se retire.

« Rentre chez toi, maintenant, dit-il. Reviens quand il le faudra. Ce ne sera plus long, demain, ou dans quelques jours. Tu sauras quand tu dois revenir, et ce que tu dois faire. A présent tu connais le chemin. »

Il marche aux côtés de Magnus jusqu'à la lisière de la forêt. « Quand tout sera fini, dit-il encore, va prévenir mes frères à l'abbaye. Tu leur porteras ma coule, elle leur revient. C'est là-bas que j'ai reçu l'habit. Il ne m'appartient pas. » Il contemple un moment le paysage. « J'ai bien aimé ma vie, ajoute-t-il, et ce pays que je n'ai jamais quitté. » Puis il se tourne vers son compagnon, le serre furtivement dans ses bras, et s'éloigne vers la clairière de son pas de follet.

Palimpseste

« Il y a un esprit que l'homme acquiert au cours du temps. Mais il y a aussi un esprit qui pénètre en l'homme en abondance et avec rapidité, plus rapidement qu'un battement de paupières, car il est au-dessus du temps, et point n'est besoin de temps pour cet esprit-là. »

Rabbi Nahman de Bratslav.

« ... il verra qu'il n'y a pas de fin à son intellect, et il doit fouiller profondément [...] dans le lieu où la bouche est incapable de parler et l'oreille incapable d'entendre. Alors il verra des visions de Dieu, comme celui qui dort et dont les yeux sont fermés, comme il est écrit : *Je dors mais mon cœur veille, la voix de mon bien-aimé frappe à la porte.* » Et lorsqu'il ouvrira les yeux, et encore plus lorsque quelqu'un d'autre lui parlera, il choisira la mort plutôt que la vie, car il lui semblera qu'il est mort, car il aura oublié ce qu'il a vu. Alors il examinera son esprit comme on examine un livre dans lequel ces grandes merveilles sont écrites. »

Rabbi Shem Tov ibn Gaon.

« Dieu ne fait pas deux fois la même chose. Et lorsqu'une âme revient, un autre esprit deviendra son compagnon. »

Rabbi Nahman de Bratslav.

Fragment 29

Magnus revient le surlendemain. Aucun signe particulier ne lui est parvenu, seulement une évidence que le moment est arrivé. Quand il pénètre dans la clairière, il remarque que la niche projette une ombre noire et allongée sans rapport avec son volume ni avec la lumière du jour. C'est une fosse, étroite et assez profonde, une bêche est posée à côté, ainsi que la coule, minutieusement pliée.

Un vrombissement intense monte de cette tranchée ; elle grouille de milliers d'abeilles. Et voici que soudain elles s'envolent toutes ensemble à la vitesse d'une éruption de lave. La colonne s'élève jusqu'au faîte des arbres, elle palpite, se torsade, puis éclate et s'éparpille en une formidable pluie blondoyante. Chacune retourne à sa besogne ordinaire.

Au fond de la fosse est couché frère Jean, il tient son chapelet enroulé autour de ses mains croisées sur la poitrine. Son corps est entièrement enduit de propolis, il luit d'un éclat rougeâtre. Quelques abeilles, épuisées par leur tâche d'embaumeuses, gisent sur le corps, le parsemant de faibles lueurs dorées.

Magnus saisit la pelle et comble la fosse. L'odeur suave de l'embaumement se mêle à celle, amère et sombre, de l'humus.

Il rapporte la coule de frère Jean à l'abbaye. Mais l'habit est si défraîchi, rapiécé de toutes parts, qu'il n'est plus bon qu'à servir de tissu pour confectionner des chiffons.

Il assiste à l'office célébré à la mémoire du vieux moine. Le père abbé retrace brièvement le parcours de Blaise Mauperthuis entré très jeune au monastère en qualité de convers, vers le début du siècle, devenu moine des années plus tard, et finalement ermite. Mais un ermite semblable à ces abeilles qu'il a tellement aimées – au point de choisir de reposer parmi elles, au fond d'un bois –, et qui gravitait toujours autour du monastère, y apportant ses pots de miel et des nouvelles des arbres, des oiseaux, des bêtes sauvages dont il était devenu plus proche que de ses frères en religion. Frère Jean, un moine buissonnier qui aura fait montre autant d'extravagance que de discrétion, d'ingénuité que d'insoumission. Mais l'abbé s'incline devant le mystère de chaque vocation, aussi insolites puissent apparaître certaines, et il finit par raconter avec humour quelques anecdotes concernant ce frère au cœur apicole qui avait pris, en vieillissant, la manie, parfois incongrue, d'interpeller tous les hommes, même son supérieur, en lançant un joyeux « bonjour, fils ! », et toutes les femmes avec un « bonjour, fille ! ». Il rappelle ce jour où frère Jean est arrivé très agité à l'abbaye pour dire que quelqu'un avait volé la statuette de la Vierge, dans la clairière où il avait installé son rucher. Sur le coup, ce vol l'avait affligé, puis il avait réfléchi et était arrivé à la conclusion que, finalement, le vide lui allait bien, à cette niche cambriolée, et il avait décidé que l'absence de statuette célébrerait dorénavant Notre-Dame du Vide ; réjoui par cette idée, il était venu demander à l'abbé de bien vouloir aller bénir cette non-statue. A l'évocation de cet incident survenu peu de mois auparavant, toute l'assemblée s'esclaffe, et Magnus se joint à ce fou rire qui résonne longuement dans l'église.

Il ferme la porte de la maison ; celle de la grange reste entrouverte, son loquet est cassé depuis longtemps et il n'a jamais jugé utile de le réparer. Le vent qui se glisse par l'ouverture a achevé d'effacer le nom qu'il avait écrit dans la poussière. Cela n'a plus d'importance, ce nom s'est écrit sur la peau de son cœur. Un nom léger comme un oiseau, qui nidifie sur son épaule ; un nom brûlant au creux de ses reins et le poussant à s'en aller.

Il ne fuit plus, il part au-devant de son nom qui toujours le précède.

Ses bagages ne lui pèseront pas, il n'emporte presque rien.

Il a enfoui le masque de Lothar au pied du tilleul sous lequel frère Jean avait dressé la table le midi du 15 août. Lothar, et aussi May, et Peggy auraient pu s'inviter à leur table ce jour-là pour partager le verre rempli en l'honneur de l'Ange du Verbe. Un tel verre est inépuisable, infiniment partageable.

Quant à l'ours en peluche, laissé trop longtemps sur une étagère de l'armoire de sa chambre, il n'est plus qu'une loque, les mites ont grignoté la laine de son museau, des souris lui ont rongé les pattes et les oreilles et chapardé la bourre de son ventre. Magnus livre la peluche délabrée aux eaux du Trinquelin, petit torrent qui coule au pied de l'abbaye.

L'ourson Magnus s'en va flottant, les renoncules de ses yeux étincelantes d'eau froide et de soleil.

Pour tout livre, il emmène celui qui s'est ouvert en lui dans un souffle de hautbois, et qui n'en finit plus de bruire dans son esprit, dans sa poitrine, dans sa bouche. Les pages du livre frémissent entre ses mains, s'effeuillent sous ses pieds.

S'en aller, chante tout bas le livre des merveilles et de l'insoupçonné, s'en aller...

S'en aller.

Fragment ?

Ici commence l'histoire d'un homme qui...
Mais cette histoire échappe à tout récit, c'est
un précipité de vie dans le réel si condensé que
tous les mots se brisent à son contact. Et même
si on trouvait des mots assez drus pour résister,
le récit, venu en temps décalé, passerait pour une
fiction insensée.

« S'en aller ! S'en aller ! Parole du vivant !
...
S'en aller ! s'en aller ! Parole du Prodigue. »

Saint-John Perse, *Vents*.

Chez d'autres éditeurs

OPÉRA MUET, Maren Sell, 1989.

LES ÉCHOS DU SILENCE, Desclée de Brouwer, 1996.

BOHUSLAV REYNEK À PETRKOV (photos de T. Kluba), Christian Pirot, 1998.

ETTY HILLESUM, Pygmalion, 1999.

GRANDE NUIT DE TOUSSAINT (photos de J.-M. Fauquet), Le temps qu'il fait, 2000.

PATIENCE ET SONGE DE LUMIÈRE : VERMEER, Flohic, 2000.

MOURIR UN PEU, Desclée de Brouwer, 2000.

CRACOVIE À VOL D'OISEAUX, Le Rocher, 2000.

CÉLÉBRATION DE LA PATERNITÉ (iconographie établie par E. Gondinet-Wallstein), Albin Michel, 2001.

COULEURS DE L'INVISIBLE (calligraphies de Rachid Koraïchi), Al Manar, 2002.

SONGES DU TEMPS, Desclée de Brouwer, 2003.

ATELIERS DE LUMIÈRE, Desclée de Brouwer, 2004

Composition IGS
Impression Bussière, septembre 2005
Éditions Albin Michel
22, rue Huyghens, 75014 Paris
www.albin-michel.fr

ISBN broché 2-226-16734-X
ISBN luxe 2-226-13927-7
N° d'édition : 23846. – N° d'impression : 053502/4.
Dépôt légal : août 2005.
Imprimé en France.